フルトラッキング・プリンセサイザ

池谷和浩

書肆侃侃房

フルトラッキング・プリンセサイザ

もくじ

装丁　成原亜美（成原デザイン事務所）

装画　MORI KEITA “Bug report (Circuit)”, 2020

フルトラッキング・プリンセサイザ

今日はバスタオルで体を拭こう。うつヰは出かける前に思いつき、それをメモするかどうか迷った。忘れないうちに、アパートの階段を下りながらアプリケーションにメモしておくのがよいのだろうけれど、そのこと自体を忘れてしまわないよう玄関を出る時にアイフォンをポケットへは入れてしまわず、手に持ったまま靴を履いたり施錠をしたりすればいいのだとして、どこにどう書くのか。どこにというのはどのアプリケーションで書き留めておくのか、ということで、打ち込んだそれを帰宅してシャワーを浴びる前に確認するよう促してくれる何か、たとえばプッシュ通知が届くといった誘導がなければならない。そこまで考えたところで鉄の錆びた手すりを右手で摑んだ。あまりに熱いので驚いた。背負ったバックパックも重いし、アプリケーションを選んで今日はバスタオルで体を拭こうと思ったことを、あるいはバスタオルで体を拭くこと、という自分への指示をフリック式入力で書くことに気を取られて、足を踏み外して転げ落ちたりしたら大変だ。それで階段を下りていくのに集中することにした。

自転車に乗って駅へ向かい、駅の南口の改札の横にある、高架下の暗い駐輪場に停めた。いつも停めているゾーンに隙間が無いことに戸惑った。おう、と声が漏れた。それでコンクリートの柱ごとに区切られているゾーンを一つずつ見ていき、自転車を差し込めそうな場所を見つけた。日曜の朝の駐輪場は混んでいた。台数はきっと平日よりも少ないのだろうけれど、造作なく置かれていく自転車を整理してくれる係の人がいないから、停めにくくなるのだということを忘れていた。イベントの現場の仕事は日曜に入ることが多い。自転車で駅まで行くなら停めるのに手間取ることも計算に入れて家を出なければいけなかったはずだ。なぜ忘れていたのだろう、というか今までもずっとそうだったのになぜ気にしなかったのだろう。

　会場に着くと部長がもう作業を始めていた。太い手を少しも止めずに動かしているのが遠くからでも分かった。しゃがみこみ、ケーブルを整えていた。黒いＴシャツの、背中のほとんどが汗で濡れて色が変わっていた。色が変わったといっても黒がまた別の黒になったのであって、それを何と呼ぶことができるのかうつヰには分からなかった。実際の順番では色が変わっているから汗で濡れているのだろうと推察したのだから、色のことは色のことで何か正しく言えた方がいい。方がいい、というのは何だろう。近づいていくと、Ｔシャツの木綿の質感が目で見て判るようになってきた。濡れて真夏の陽射しを反射していた。部長の肩甲骨や脇腹の形もよく分かった。間近に来たうつヰに気づくと部長は、キャップ外しな、と言った。荷物はとりあえずその辺、スピーカーのところあたりで。分かりました、とうつヰは返事した。キャップはバイザーが大きく、硬く厚いので気に入っている。美容院に行ってもすぐに膨らみ始めるうつヰの毛量を頼もしく覆うクラウンの深々とした形も気に入っていた。できれば外したくなかったが、上司の指示に従って頭から外し、バックパックに詰めた。左のショルダーストラップを掛けたまま腹の前に本体を寄せてサイドポケットのジッパーを開けた。あまり大きく開けて中身が飛び出したら困るので、拳ひとつぶんくらいにしておいたその穴にねじ込んだ。

　そばに荷物を置いておくようにと部長から指示されたスピーカーの方を見遣ると、堀尾が立っているのが見えた。筒状のアルミの脚の上に載ったスピーカーは二メートル近い高さまで上げられている。堀尾の隣に、腕組みをした人が歩いてきた。背中の方に角張った物が突き出していた。うつヰから見て反対側の肩にトートバッグを掛けているようだった。肩にトートバッグを掛けて腕組みをすると安定するのだろうか。うつヰは自分でそうしてみるところを想像してみた。バックパックがいいのかトートバッグがいいのかについて考えてみることがある。移動中や現場で物を即座に取り出すには良さそうだが、身に着けたままあれこれの作業をするには不便そうだ。腕組みしている彼女はこのイベントの運営を受託している大手の会社のディレクターだということを思い出した。堀尾の広告代理店から受注していた。名前は覚えていなかった。腕組みしたまま部長とうつヰを一瞥したように感じ、うつヰは彼女から目をそらした。うつヰの会社はイベントの中の一部分だけ、腕組みしているその人から請け負っている。部長がキャップを外せと言ったのは、腕組みの人の流儀に沿おうということだった。荷物を置きに行くのは後にして、うつヰは部長の隣でケーブルを整理する作業を始めた。ステージが空き次第キャリブレを始める、と部長は告げた。空けてくれるまで待つんですね。これがメインのイベントなのに、どうして最初にセッティングさせてもらえないんですか、とうつヰは尋ねた。部長は青緑色の養生テープをケーブルの束の上に貼りながら答えた。

遅れてくるからさ。いや、遅れてないです。いや、九時集合だよ。

ごめんなさい。頭を下げたが、手は止めなかった。部長が切った養生テープを受け取って、同じ間隔で地面に貼った。芝生のエリアに延ばしてしまうと危ないから、直角に折れて脇に逃していく。ガラスのアーケードと百貨店の間に一メートルくらいの隙間があって、そこだけ地面が熱くなっていた。またやってしまった、と呟いた。部長が隣で笑った。どうしたらいいか、後で考えようね。ごめんなさい。いや、まあ、ビール飲みながら相談だ。それは良いアイデアだ。ステージの上ではトークイベントのリハーサルが始まっていた。イントレとパネルで組んだ円形のステージは四方から見えるように浮島のように配置してある。演者が奥から出てくるための通路が延びていて、黒幕で隠されたボックスに続いている。ボックスの内側はすぐスタッフ用の通用口になっている。出演タレントのための控室も用意されていた。

あの通路がもっともっと長く延びていて、遠くから走って現れてくるようにできればよかったのに。うつヰは会場の図面を思い出していた。張り渡した通路のパネルは薄くて、脚に十分な重さが無いから少し踏み込むだけでガタガタと音がする。鼠色の、よく見たら白い化繊の糸がたくさん混じっている布が張ってあるのも残念な気がする。あの鼠色のガタガタいう通路について、あの目を引く二人の出演者に、ガタガタいってしまうのでそっと歩いてきてくださいと注意を促さなければならない。

壇上から人が捌けた。タレントの後を追って堀尾が小走りで奥へ行くのを確認して、バックパックを摑んだ。スピーカーの脇に置くと、マシンとキャリブレーションのスティックを取り出した。

マシンを左の脇に挟んだら、Ｔシャツの袖から出た皮膚にアルミの部分が触れて、刺されたような痛みを感じた。レノボの機体が熱くなっている。Ｔシャツの布が吸った汗が湯のようになっていた。家でマシンを閉じた時にスリープ状態になっていなかったのか。蓋だけ閉じて起動したままになっていたようだ。電源が持たないかもしれない、ＡＣケーブルを忘れていたらどうしよう。胸の辺りが重くなって、急いでバックパックを全開にした。あった、よかった。声が出ていた。

　ステージへ戻る際にバックパックをどこにどう置いたか、振り返ってもう一度確認した。アークテリクスの骨の鳥のロゴマークをうつヰは睨んだ。部長はステージの四隅にポールを立てていた。センサーの青いＬＥＤが全部点滅しているのを指差し確認して、よし、と呟き、飛び降りてスピーカーの裏に作ってあるＰＡブースへ入り、配信用の機材の調整を始めた。入れ替わるようにうつヰはレノボとＡＣケーブルとスティックを壇上に置き、手をついて飛び乗ろうとした。部長なら片手をついて飛び上がれるがうつヰには難しかった。地面を蹴り、這い上がった。高いところから見ると、周囲に観客が集まり始めているのが分かった。タレントの集客力だろう。駅の長い通路を出て、いったん屋外に出て庭園状のスペースに入る前に大きなパネルが立てられているのを思い出した。百貨店へ向かうらしい家族連れの、手を引かれた子供と母親が同時にわあ、と驚きの声を上げ、ユウキだー、と嬉しそうにするのをうつヰは見た。

　あの時に、遅刻していると分かっていたら走ったのに。関係者の顔を見たら元気にはっきり挨拶しよう、ということばかり考えていた。集合時間は知ったその時にメモしないといけない。起きる時間を計算してその場でアイフォンのアラームを設定しておくべきだったし、寝る前に集合時間と起きる時間を確認すること、というメモを作っておくべきだった。そのメモはどこに書いて、どう私に向けて通知されるようにするべきだったのだろう。飲みすぎないように私へ警告するものも要るだろう。それは毎日のように思っている。思っているけれどうまくいかない。挨拶のことだった。前に部長と練習した挨拶。失礼だと怒られない挨拶。芝生のエリアには、早めに陣取る客の他にスタッフらしき人も入り混じっていた。黒いTシャツと黒いパンツの人はだいたいイベント運営側の関係者。袖とか裾がゆったりしていたらだいたいタレント側の関係者。この暑さでわざわざネクタイを締めていたらだいたい主催者側の関係者。二人出演するタレントの内、どちらのファンなのかは分からないが、わざわざシートを持ってきて中央に敷いて待っている人がいた。来る前に見かけた家族連れが、少なくとも同じ構成の家族連れがやって来ていた。あとは近くの高校の部活のチームらしいユニフォーム姿の集団。ここを抜けていくと近いのだろう。百貨店から向かいの喫茶店の方へ向かう買い物客。その中で、大きな革のトランクケースが動いていくのが目に入った。飴色の、四隅に鋲が打ってある、持ち手がそれを運ぶ人の手よりずっと大きな、重そうな鞄。どんな人が持っているのかと視線を上げようとしたところで部長に呼ばれた。

　キャリブレーションはてこずった。スティックを持ってステージの中を歩き回る。自分が太い蛍光ペンになって、正方形の枠を塗り潰していくのを想像しながら歩いた。ポールについたセンサーの外にスティックが出ないように、しかしぎりぎりまで範囲を取れるように動く。ブースで部長が首を傾げていた。それから周囲を見渡した。うつヰは二本の黒い長いスティックを両手に持ったまま部長の動向を見守った。部長はブースから出て四方の芝生エリアを歩いた。その時にまた、あの革のトランクが目に入った。白い服を着た人が持っていた。部長が、座り込んでいる青年に何か話しかけたのでそちらに気を取られているうちに、また見失った。

　ビールは池袋で飲んだ。部長が払ってくれた。また明日ね、とうつヰと別れて地下通路の角まで歩いてから、翻って戻ってきて、違うごめん、と言った。おれ明日、ユーキュー取ってたんだ、と言った。それからまた改めて去った。部長の背中はまだ濡れているようだった。現場に居た時のＴシャツのままだ。うつヰはきっと汗だくになると思っていたから、バックパックに着替えを詰めていた。現場から退出する前に百貨店のトイレで着替えた。ブラトップも替えたので気持ち良く感じたが、脱いだのをしまう時に、同じ物がもう一枚入っているのを見つけてため息をついたのを思い出した。おそらく使用済みで、脱いだきりそのまま入っていたものだ。部長が角を曲がって見えなくなったところで通路を引き返し、地上に出て歩いて帰ることにした。上がると広場になっていて、円になって踊っている人たちが居た。その先にある劇場の屋根の下を抜けていくと少し涼しいので、そうした。

　帰宅して荷物を下ろすと、まず顔を洗った。水道の横に重ねてあるハンドタオルで拭いて、髪をかき上げて額を出した。布団をどかしてスペースをつくり、トランクを開けた。取り出した道具一式を装着して、うつヰはプリンセサイザでＶＲチャットに入った。プリンセサイザ側の操作で、多磨霊園駅のワールドを選んで駅前に降り立った。煙草屋の前にバスが待っていて、それに乗って霊園へ入っていった。人々と一緒だった。降りて人々と月明かりの下を歩き、区画を三つぶん進んだ。廟のようになっている、青白くほのかに光る墓石の周りにその日は人々が集まっておしゃべりをしていた。うつヰが来てから一時間くらい遅れて多磨霊園の王女が現れ、おしゃべりはいっそう盛り上がった。人々の出入りの狭間、多磨霊園の王女と二人だけで話せる時間が訪れた。王女は耳打ちするように近づいて教えてくれた。その道をずっと行って、鴉が飛び立つギミックのある角を右に、水汲み場を過ぎてまたずっと先、五分くらい通常歩行モードで進むと突き当りにロシア語が刻まれた特別な墓碑があるんだよ。ゾルゲといって、スパイの墓だ。

部長がユーキューと言ったのはつまり、給料は出るが勤務しなくていい、ということだ。有給休暇。有給と略すのか、有休と略すのかがいつも気になった。同期で入社した新卒が五人いるのだが、配属部署によって違う教わり方をしているようだった。両方を使っている人がいるのをうつヰは知っていたが、どう使い分けているのかは分からずにいた。

人事の人が来て、うつヰの先週の出張の精算に不備があったと言って書類を戻しに来た。オフィスを横切って自分の机に帰っていくその人の尻が揺れるのを見た。一歩ごとに左右に揺れていた。あの人こそ問題だ。うつヰは目を細めた。スラックで全社に月末処理のお知らせをする際に、有給と書いたり有休と書いたりする。どちらでもいいが、どちらかにしてほしい。手元に残った出張報告書に目を落とした。報告書は経理の処理上、必要なもので、テンプレートに経費をともなう項目を書いておくだけのものだ。タクシー領収書、という付箋が右肩に付いていた。ロケハンで行った出張先で部長と乗った時に立替えをした。領収書は報告書とは別の紙に貼っておく。この別紙というのがまた問題だ。うつヰは人事の人の揺れる尻を思い出した。通路を見遣ったがもういなかった。

彼女が履いていた、白いゆったりした木綿のロングスカートの残像を見た気がした。たぷんとした尻の丸みが腰の骨格より左右に、かなり大胆に張り出していて、それがかわいい。かわいいが、別紙についてはまさに問題で、彼女はいつも全社の月末処理の案内の際に「領収書は裏紙に貼ってください」と書いている。それをうつヰは気にしていた。このおかげで、領収書を申請書本体の裏面に貼る人が少なからずいる。春に新卒で入社してきた一年後輩で同じ部署の門脇が、二十枚もあったレシートをＡ４の申請書の裏面に収まるように貼り込み、かつ重なり合う部分が極力少なくなるように努めていた光景を思い出す。眉根を寄せて、貧乏揺すりをしながらスティック糊を使っていた。デスクワークの日に履いてくる、踵の高い靴で床を叩く音がしてうつヰにはそれが不快だった。門脇が念のためスニーカーを常備しているのを知っている。布の袋、小学校の給食袋のようなナイロンのきれいな袋に入れてキャビネットの一番下の大きくて深い段に詰めている。あの袋はスニーカーを買ったときに入れられていたものではないだろう。どちらかというとあの踵の高い靴の方の店の物だろう。苛々と作業するくらいなら履き替えてほしい。しかし「領収書は裏紙に貼ってください」というのは、正しくは、領収書を貼るのに新品の紙を使うという勿体ないことはせずに、コピーに失敗するなどして出た廃棄待ちの紙の裏側を利用してエコな活用を心がけましょう、という意味だ。フロアに三箇所ある複合機の横にはトレイが置いてあって、そこに裏紙を置いておけるようになっている。社内で裏紙と呼ばれている物は、それのはずだ。なぜそれが、領収書を申請用の本紙の裏側に貼る、ということになどなるのか。最終的に受け取って処理するのは管理部の人だろう。管理部の誰かが、事前に裏紙を使うようにとは呼びかけても後で正しい方法を改めて説明する

post card

恐れ入りますが、切手をお貼りください

810-0041

福岡市中央区大名2-8-18
天神パークビル501

書肆侃侃房 行

フリガナ
お名前　　男・女　年齢　　歳

ご住所　〒

TEL(　　　)　　ご職業

e-mail：

※新刊・イベント情報などお届けすることがあります。　不要な場合は、チェックをお願いします→□
著者や翻訳者に連絡先をお伝えすることがあります。　不可の場合は、チェックをお願いします→□

□**注文申込書**　このはがきでご注文いただいた方は、**送料をサービス**させていただきます
※本の代金のお支払いは、本の到着後1週間以内にお願いします。

本のタイトル	冊
本のタイトル	冊
本のタイトル	冊

愛読者カード

□本書のタイトル

□購入された書店

□本書をお知りになったきっかけ

□ご感想や著者へのメッセージなどご自由にお書きください

※お客様の声をHPや広告などに匿名で掲載させていただくことがありますので、ご了承ください。

◀こちらから感想を送ることが可能です。

書肆侃侃房　http://www.kankanbou.com　info@kankanbou.com

書肆侃侃房
Shoshikankanbou

パンクの系譜学

川上幸之介

本体2,600円＋税　978-4-86385-610-3

パンクの抵抗の系譜を辿りつつ、正史の陰に隠れた歴史に光をあてる画期的著作。

Punk!展、ゲリラ・ガールズ展ほか、話題の展示のキュレーションを行う研究者による初単著。松村圭一郎さん、毛利嘉孝さん推薦！

「日本語でのパンク論の決定版といえる」
（朝日新聞3/28／増田聡さん）

ジェーンの物語
伝説のフェミニスト中絶サービス地下組織

ローラ・カプラン著　塚原久美訳

本体2,500円＋税　978-4-86385-623-3

妊娠して困ってない？
〈ジェーン〉に電話して！
女のからだは女自身のものであり、
女には自らのからだに対する権利がある

中絶が違法だった半世紀前の米国シカゴ。
女たちが女たちを助けようと立ち上がった違法の地下組織〈ジェーン〉。安全な人工妊娠中絶を求め駆け込んだ女性たちの数は推定1万1000人。激動の歴史を赤裸々に描いた衝撃的なノンフィクション。

人殺しは夕方やってきた マルレーン・ハウスホーファー短篇集

マルレーン・ハウスホーファー著　松永美穂訳

本体2,100円＋税　978-4-86385-621-9

文学ムック「たべるのがおそい」vol.4収録の「さくらんぼ」「雌牛事件」「フォン・ガイエン氏の夜の出逢い」ほか、かなしみにユーモアをまぶした切なく心あたたまる作品集。

大山の中でたった一人、壮絶なサバイバル闘争を繰り広げる女性を描いた長篇小説『壁』で、世界を震撼させたマルレーン・ハウスホーファー。多くのフェミニスト、作家たちに影響を与えた彼女の、知られざる短篇小説名作集がついに邦訳！

死んでから俺にはいろんなことがあった

リカルド・アドルフォ著　木下眞穂訳

本体2,100円＋税　978-4-86385-603-5

**ポルトガルの作家が移民の置かれた立場の悲哀を
不条理かつユーモラスに描く傑作長編。**

郵便配達をしていた俺は故郷の「くに」から逃げてきた。妻のカルラと幼い息子とともに「島」で不法滞在している。買い物をした帰りに乗っていた地下鉄が故障し、右も左もわからない場所で降ろされた一家。なんとか家にたどり着こうと画策するが、すべてが裏目に出て——。周囲から存在を認められず、無視され続ける移民の親子は、果たしてどうなるのか？

ピロスマニ　放浪の画家と百万本の薔薇

ギオルギ・ガメズ著　児島康宏訳

本体2,000円＋税　978-4-86385-620-2

**私の絵はジョージアには必要ない　なぜならピロスマニがいるからだ——パブロ・ピカソ
ティムラズ・レジャバ駐日ジョージア大使推薦！！**

ピカソが絶賛し、ジョージアでは国民的人気を誇る放浪の画家ピロスマニ。彼がモデルとなった名曲「百万本のバラ」は歌手・加藤登紀子によって日本でも大ヒット、現在も歌い続けられている。
女優マルガリータとの運命的な出会いと失恋、別れ。失意のうちに世捨て人として孤独に人生を終えたピロスマニの人生が甦る感動のグラフィックノベル。

含羞の画家オチ・オサム—美術集団「九州派」の先駆者—

越智順子、片山恭一

本体2,000円＋税　978-4-86385-615-8

**オチ・オサムの球体と桜井孝身の眼　きらめく感性と天才的発想
二人のきずなが世界の「九州派」(1950～60年代)へと導いた。**

福岡を拠点とする前衛美術集団「九州派」の主要メンバーオチ・オサム（桜井孝身と共に主導）。地方から東京に打って出るというその激しく熱い活動の原点はどこにあったのか。オチ・オサムの伴走者であり同時代を鋭くみつめた越智順子の、知られざるオチ・オサム像と、長年ことばを交しあった思想家・森崎茂（2023年1月没）を通して語る片山恭一によるオチ・オサム論。

短歌ムック「ねむらない樹」vol.11

本体1,500円＋税　978-4-86385-614-1

特集＝第6回笹井宏之賞発表／榊原紘／わたしの短歌入門／2023年の収穫アンケート

第6回笹井宏之賞　大賞　白野「名札の裏」
巻頭エッセイ　奥田順平（カライモブックス）「底抜けの善人」
特別寄稿　我妻俊樹「水の泡たち（完全版）」
吉田雅史「ヒップホップ短歌試論」

ブンバップ　川村有史

本体1,800円＋税　978-4-86385-619-6

第3回笹井宏之賞永井祐賞受賞！

みんなして写真のなかで吸う紙のたばこ　爆発前のSupreme

これ、新感覚です。友達の日記を覗き見してるようでクセになります。
——SUSHIBOYS（ラッパー）

短歌で生きた音を響かせるには、文体を一から自分でつかみ直すしかない。そう感じさせる一冊である。　——永井祐（歌人）

逸脱のフランス文学史
ウリポのプリズムから世界を見る　塩塚秀一郎

本体1,900円＋税　978-4-86385-613-4

『聖アレクシス伝』『狐物語』からパトリック・モディアノ、アニー・エルノーまで。新たな角度から提示されるフランス文学講義！

レーモン・クノーやジョルジュ・ペレックらによる前衛的な実験文学集団「ウリポ」言語に秘められた潜在的可能性を追求した彼らの営為を研究してきた著者が、「ウリポ」の視点からフランス文学史を新たに捉え直す。古典から現代作品まで25の名作でたどるフランス文学案内。

サメと救世主
カワイ・ストロング・ウォッシュバーン著　日野原慶訳

本体2,400円＋税　978-4-86385-616-5

サメに救われた少年には奇跡の力が宿りはじめる。これは真実か、ただのイカサマか？

ハワイとアメリカ本土（メインランド）を舞台に、ある一家の波乱にみちた運命がつづられる。バラク・オバマのベストブックリスト（2020年版）にも選ばれた、ハワイで生まれ育った作家による渾身のデビュー長編。

kankanbou.com

株式会社　書肆侃侃房　@kankanbou_e
福岡市中央区大名2-8-18-501　Tel：092-735-2802
本屋＆カフェ　本のあるところ ajiro　@ajirobooks
福岡市中央区天神3-6-8-1B　Tel：080-7346-8139
オンラインストア　https://ajirobooks.stores.jp

第7回 笹井宏之賞

募集作品：未発表短歌50首
選考委員：大森静佳、永井祐、山崎聡子、山田航、森田真生
応募締切：2024年7月15日
副賞：第一歌集出版

海外文学冊子創刊！

「書肆侃侃房の海外文学フェア」にあわせ、海外文学カタログを創刊しました。主にフェア開催店で無料配布しております。

埃だらけのすももを売ればよい ロシア銀の時代の女性詩人たち

高柳聡子　本体2,000円＋税　978-4-86385-604-2

ロシア文学におとずれた興隆期「銀の時代」（1890〜1920年代）。忘れられた15人の女性詩人たちのことばを拾い上げる。

毎日新聞（沼野充義さん）、朝日新聞「好書好日」（鴻巣友季子さん）、日本経済新聞「THE NIKKEI MAGAZINE」（山崎まどかさん）などぞくぞくと書評掲載！！

エドワード・サイード ある批評家の残響

中井亜佐子

本体1,700円＋税　978-4-86385-612-7

没後20年をむかえた今、サイードの思考の軌跡をたどりつつ、現代社会における批評の意義を問う。

朝日新聞（3/23）に書評掲載！
「サイードのテクストと粘り強く向き合う本書に、言葉による抵抗の一つの実践を見る」（三牧聖子さん）

のを見たことがない。それはなぜなのだろう。門脇が提出した報告書の、紙の裏にびっしり敷き詰められたレシートを見た時、部長は同じように印鑑を押すためにデスクに置いてあったうつヰのを取り上げて、こういう風にしようね、と諭した。でも裏紙って書いてあったので、と門脇は反論した。うつヰはその時、部長が「裏紙」の正しく意味するところを説明するのを期待した。そもそも「裏紙」ではなくそのばあい「紙の裏」だろう。だが、部長が門脇に対して説明したのは、こうやって貼ったら経理の人が表面の精算報告の表と照らし合わせるのが大変でしょう、ということだった。表裏をひっくり返してみせた。だからうつヰみたいに、一枚ずつ見やすく、時系列に貼っていくのが親切だよね。部長は微笑んだ。うつヰは唸った。ほとんど喘ぎ声のようなものが漏れた。いや、あ、と身をこわばらせているところに、部長は続けて門脇を指導した。もし裏紙に貼り切れなかったら、コピー機の横に捨てるだけの紙があるから、それを使えばもったいなくないから。

　それが裏紙なんだってば。はっきり口にしていた。自分の声に驚いた。周りには誰もいなかった。月曜は休みの人が多い。イベントなどの現場の仕事が入るのは土日が多いので、基本的な休みを月曜に設定しているのだ。だから部長も月曜日には打ち合わせを置かないようにしているようだった。部長自身が休みをとるのは、そういえば初めて見たかもしれない。出勤日の数の調整ではなく、わざわざ有休にしたのだなとうつヰは思った。うつヰはイベントが日曜にあっても月曜日に出社することにしていた。片付けや事後処理が、分からなくなってしまうからだ。分からないというか、後回しにしたらもう二度とやらなくなってしまうように感じられて怖かった。

　アイフォンで撮っておいた昨日の写真の整理から始めた。まとめて選択してドロップボックスの部署で共有しているフォルダにコピーして、それからデスクのマシンの方で開いていく。オフィスに来れば、強いマックを使える。外での作業用に会社から借りているレノボや私物のマックブックよりも画面がずっと大きいし、パフォーマンスがずっと高い。色々作業が進むからデスクに座って集中するのは好きだった。レノボが昨日、たたんだのにスリープ状態にならず、熱くなっていたのを思い出した。バックパックから取り出して、アイマックの脇に置いて開いてみた。端が門脇の机にかかった。問題無くスリープ状態になっていて、開けたら滑らかに立ち上がっていった。

　マックでドロップボックスのフォルダを開いて、写真を見ていった。会社の人に見られたくない写真が混ざっていないかをまずざっとチェックしていく。それからクライアントへの報告資料に使えそうなのを選んでいく。この作業から始めるのでよかったのだっけ。スラックの未読をエレベータに乗った時に見始めて、トイレに寄って寝癖というか生乾きの髪がヘッドマウントディスプレイのベルトで押さえつけられてできた耳の上の跳ね毛を撫でつけようとして、そのあとなんとなく写真が気になってすぐ始めてしまった。スラックで何か気になることがあった気がするけれどブックマークは付けた、だから写真を片付けてから処理することにする。キャリブレーションの前に、ステージから数メートル離れたところから撮った写真。写真というか、画像だ。ステージをセンターにしたもの、ステージパネルの設えと周りの機材の置き方が見えるように低いところから撮ったもの、上手の様子、下手の様子。ステージ自体は、演者が捌ける通路だけを避けて四方から見えるようになっていた。回り込んで裏側からも撮ってあった。そのあと壇上に上がった。なかなか作業が終わらなかった。探索に出て行った部長が本番中にラインで送ってきたメッセージによると、センサーを使う別のＶＲ用ヘッドマウントディスプレイを持ち込んで起動していた人がいて、その電波が干渉していたのだろうということだった。同じＨＴＣ社製のバイブのプロモデルかもしれないし、センサー型だったかどうか覚えていないがデルが出したバイザーかもしれない。それから部長はわざわざスラックの通話機能で電話をかけてきて、バイザーがセンサー型だったかどうかは覚えていないが、ウィンドウズＭＲ対応だと言っていたからそういうのは何か悪さをしそうだと言っていた。これはあとで調べた方がいいのだろうか。デル、バイザーと付箋に書いて、机の上に貼っておいた。あれが何だったのか、結局、昨日は分からなかった。しかしＶＲ体験の屋外イベントの会場にわざわざ電波を出す別のヘッドマウントディスプレイを持ち込んで起動する人はいるだろうか。いたから干渉されて不具合が起きたのだとして、なにがしたかったのだろう。客席の様子を思い出したが、うつヰの会社が用意したのではないヘッドマウントディスプレイを装着している人は見当たらなかった。夜に池袋の東口近くの通りでビールを飲んだ時にそれについて訊ねたら、たぶんバイブプロだと思うのだけど、と口ごもった。だから現物まで突き止めたのではないのだろう。うつヰは机に置いたアイフォンに話しかけて、部長とのラインのやりとりを開いた。アイマックの画面からは目を離さなかった。横目で見た。普段はスラックでやりとりしているが、現場で速やかにやりとりするには結局ラインが便利だ。個人のアカウントを知られたくないと言って部長は嫌がっていたが、便利なのでその使い分けを気に入ったようだった。よくタヌキのスタンプを送ってくる。タヌキのイラストが好きらしかった。

　写真をめくっていくと、ステージの上から四方にレンズを向けて、うつヰの会社で手配した大型ディスプレイや、元請けのイベント運営会社が設置した音響や映像の機材を撮ったのが並んでいた。報告書には必要ないがうつヰはその記録に興味があった。ドロップボックスの個人フォルダに移しておいた。何を、どこの製品を使って、どう配列しておくのか知っておいて、自分で仕切れるようになりたかった。そのあと、出演者の背中が写った。一人はお笑いの人で、たしか三人組のコントグループのメンバーだ。もう一人はモデルで、うつヰが高校生だった時にはもうファッション雑誌の表紙を飾っていた人。イベントの告知用のウェブサイトにプロフィールが掲載されていた。うつヰはその人と接触したのを思い出した。キャリブレーションが終わってステージから飛び降りた直後だ。思ったより高くて膝を曲げて着地して、顎を膝頭にぶつけそうになった。いちど同じように距離を見誤って下唇を切ったことがある。またやってしまうところだった、と思いながら顔を上げたら、その人が奥から通路を歩いていた。軋み音を立てる安っぽい造作の、運営上は花道と呼ばれている通路をハイヒールで静かに歩いていた。褐色の肌。たぶん日焼けなのだろう。顎から首にかけての線が、黒い太い油性のペンを強く押下してなぞったみたいに見えた。まっすぐに日光が顔に射していたはずだが目を大きく開いて、上手、下手を一瞥しながらすっと笑って歩いていた。波打った長い髪が揺れていた。大学時代からの友人の、大和のことを思い出した。このモデルの人はたぶん日焼けサロンで機械というか科学技術の力で皮膚がこの色になるよう調整しているのだろうから、大和とはそもそもが違うけれど、大和の褐色というよりもっと黒い、浅黒い頬や首筋の美しさを思い出した。大和もすごくきれいだ。大和もこんな服を着たら似合うだろう。うつヰはそのモデルの人の写真を撮っていた。見上げるような角度で、通路を歩いてくるところを撮った。スリットの深いスカート。ふとももの筋肉の筋で影ができていた、一歩あるくごとにそれが脈を打った。スカートの下の脚の色も顔と同じ。裸で装置に入って全身を焼くのだろうか。

　通路用のパネルのつなぎ目が少し開いていた。その人は靴のつま先のあたりを引っ掛けてしまい、姿勢を崩した。うつヰは反射的に手を伸ばして、体を支えようとした。背の高い彼女が一段高いところにいて、うつヰが手を伸ばしたら腰を抱える体勢になった。人間の体重が丸ごと乗ってきて、支えきれずに転びそうになった。演者が怪我したら堀尾は怒るだろうか、元請けの会社の人の責任ということでいいだろうか。ディレクターの彼女は腕組みを解き、謝罪するだろうか。跪いて申し訳ありませんと不備を詫びるだろうか。両足を踏みしめて、彼女が落ちないように力を込めているときに、腕組みを解いた女の膝頭がステージパネルの上に接着し、散らばっている砂利がめり込んでいくのをうつヰは想像した。なんとか体勢を立て直したあと、タレントは身を屈めて、うつヰの目を見つめ、ありがとうございます、と囁いた。声は小さかったが表情は大きく変化した。眉毛が左右別々に湾曲し、唇が開いて八重歯が見えた。雑誌の表紙、本屋の店頭に並んでいたあの顔だった。ただうつヰはうなずいた。体温が一気に上がったのが分かった。トークイベントが無事に終わった後に、また言葉を交わす機会があって、うつヰはＶＲのプラットフォームやサービスのことを彼女に少し教えた。

　好きになっちゃいそうだな、と思った。思っただけでなく、声が出ていた。また人事の人が来ていた。聞かれたかもしれない。部長を探しているようだった。部長は有休です、とうつヰは答えた。心の中で、有休、という字をはっきり思い浮かべた。有給休暇、これを略すなら二つの単語の頭文字をとって有休とすべきだろう。だいたい前の単語だけ使うなら有給、給料が出ている、ということしか言えていない。休みだ、ということが言いたいのに。人事の人は、そうでしたか、と言ってまたお尻を揺らして去った。水を含んだ革袋が人事の人のスカートの内側、木綿の重なった厚いところに縫い付けられているのを透視した。たぷんたぷんと揺れている。革袋には水ではなくてワインが入っているかもしれない。薄い、でも苦い赤だろう。飲みたくなってきた。うつヰは写真の整理を終えて報告書を済ませてしまい、今日こそはバスタオルで体を拭こう、と決意してそれを付箋に書き、レノボの電源ボタンのそばに貼り付けてから閉じてオフィスを出た。定時よりかなり早かったが部署の誰とも会わなかったし、明るいうちに帰ると気分が良いしよかろうと思った。きのう西口の公園から劇場の軒下を抜けて歩いた道をまた行ってみよう、裏手に色々並んでいるようだったから、一人で入れそうなお酒も飲めるお店が見つけられるかもしれない。オフィスを出てまずコンビニに入り、缶ビールを買って飲みながら歩いた。入ってみた店でハイボールを飲みながら食事を済ませ、アパートに帰り、すぐに道具一式を出してプリンセサイザでVRチャットのワールドへ入った。武蔵野台の王女がログインしているのを見つけて、飛んでいった。うつヰが武蔵野台駅に現れると王女は深々とおじぎをした。案内されて駅前のブルーベリー園へ入っていった。人々が果物を摘みながらおしゃべりしていた。この路線をずっと辿っていくと、電車の屋根とパンタグラフのちょうど中間くらいに目線が届く高さの、点検のための細い長い歩道橋のようなものが設備されている駅があるのだということを教えてもらった。フィジカルの駅の用語では屋根上点検台というらしい。各駅の王女たちで集まると、そこに整列し、歌うことがあるのだよと武蔵野台の王女はやさしく教えてくれた。取り巻きの人々の内の一人が、私たちはホームからそれを見物するんです、と言った。うつヰが眠くてログアウトする頃には、ブルーベリー園には三十人くらいの人々が集まっていた。みんなくつろいで、王女を囲んで思い思いのおしゃべりをしていた。

　富山が場所を知っているというので、いちど三人で待ち合わせてから一緒に行くことになった。映像制作のプロダクションで打ち合わせを終えてから、うつヰはスラックで、直帰します、と伝えた。企画部のチャンネルで部長をメンションして送るとすぐに「長谷部ＯＫ」という印鑑を模したスタンプが表示されたので、もう大丈夫と判断してアプリケーションを閉じた。今日も顔を合わせなかったが、部長が休みをとったのは昨日いちにちだけだったようだ。いつものように朝からあちこちに出向いて立ち働いているのが、画面越しというかネットワーク上の投稿やログから感じ取れた。うつヰは外出する用事をできるだけ火曜に集めるようにしていて、朝アパートを出てからオフィスには行かずに直接アポイントのある先へ出向いた。午前に神田で一件済ませて、電源が使えてドリンクバーのあるレストランでしばらく作業し、それから市ヶ谷に移って、そのあと映像制作のプロダクションがある神保町へ行った。時間も余裕があったのと電車に乗るために駅の構内に入るのがだるくなって、秋葉原まで歩くことにした。御茶ノ水駅が工事していて入り口の手前の時点で見慣れない経路を歩くことになりそうだったのも億劫に感じた。総武線と中央線、丸の内線を見下ろせる坂まで来ると晩夏の涼しい風が吹き抜けていた。右手に、二年前に卒業した大学が入っているビルが建っている。どのあたりだったかと見上げながら下りていった。高架で敷かれた線路をくぐって、DVDショップやメイド喫茶が並ぶ道に入るとなつかしい気持ちになった。そういえば大和はメイドに憧れていた。東京に来てから知り合った人たちのツイッターを見て影響を受けたらしく、自分もやりたい、あの服を着たいとある日とつぜん言い出した。富山と手伝うことにした。何度か面接に落ちていた。ドン・キホーテのテナントに入っていた有名店から始めて、あの辺りの比較的敷居の低そうな店を中心に面接を受けていって、だんだん街の外れの方へいき、最終的にうつ丼が聞いてもよく分からないコンセプトの店のキャストに採用された。週に二十八時間までしかシフトに入れないわけだから、熟達しないことで自分はいっぱしのメイドになれないのではないか、と恐れていたようだが、富山がそれを熱心に励ましていた。そもそも肌の色が、と大和がこぼした時には、それがいいんじゃないか、と声に力を込めていた。うつ丼はその様子を見守っていた。富山が一生懸命になるとこういう感じなのか。

ちょうどこのあたりだ。料金制の駐車場と、薄暗い路地が左手に見えた。レンガ造りの古いビルの一階に大きな木の扉があった。看板は出ていない。たしかここ。初めてシフトに入った日は富山と一緒に隠れて様子を見に行った。外で先輩と立って並んでいた。富山がしきりに、大和かわいい。大和かわいい。と繰り返していた。

中央通りを渡って、電気街口の明かりが見えた。バックパックを下ろしてしゃがみ、柱に寄りかかった。富山がうつ丼を見つけて脇に来た。黙ってスマホのゲームをしていた。うつ丼も邪魔しないように黙っていた。富山はいつもアイフォンにケースを付けない。背面にリングを付けていた。自分はすぐに壊してしまうだろう。ガラスにヒビが入って、ずっと気にするだろう。あ、と富山が声を上げた。大和がＵＤＸビルの方から歩いてやってくるのが見えた。大和かわいいな、と富山が呟いた。大和ってもう先輩と別れたんだっけ。いや付き合ってないでしょうそもそも、とうつヰはすぐに答えた。しらんけど、と付け加えた。うん、しらんけど。大和の方へ歩き出して彼女を迎え、それから中央通りの方へ向かった。大和は一人でラーメンを食べていたらしかった。ＵＤＸの奥にラーメン屋の集まったフードコートのような一角がある。よくそこで三人で食べた。向かう最中で気が変わって、通りに下りてカレーを食べに行くこともあった。

　玄関のドアを開けて現れた先輩は、前に会った時よりもはっきり痩せて見えた。顔が小さくなって、目が大きくなったように感じた。先輩には、就職してからも個人の仕事として現場に何度か呼んでもらっていた。ちょうど重なる休日や、内容によっては有休を取ってうつヰは請けた。副業にあたるので、スキル向上という名目で部長からは了承をもらっていた。先輩と最後に会ってからは三ヶ月くらいしか経っていないのではないだろうか。うつヰと富山が靴を脱いでいる最中、今日も二人とも真っ黒だね、と先輩は言った。先輩も袖をまくった黒いシャツに、黒いスキニーパンツを履いていた。それから、シャジアこんばんは、と言った。大和は二人の後でたたきに腰掛け、編み紐の靴を脱いでいたところで、顔を先輩の方に向けて微笑んだ。ああして笑うとえくぼができる。

　リビングに入るとテーブルにグラスと皿が並べてあった。ビールからでいいかな、とキッチンから顔を出して先輩が言い、うつヰも富山も声を揃えて、ビールで、と返事した。先輩はパスタを作った。むかしカプリチョーザの厨房でバイトをしていたことがあって、と話していた。うつヰはそのことは知らなかった。大皿にたくさん盛られて出てきたのを小皿に取って食べた。チーズとクリームのパスタだった。大和は手を付けなかった。とても大きなスプーンとフォーク状の食器を使って取るのだがうつ井はうまくいかなくて、クリームがはねて富山の服に飛んだ。黒いシャツに黄色っぽい白い点が付いたのを見たが、見なかったふりをして黙っていた。シャツはコムデギャルソンだと思った。学部生のときに富山に付き合って店を何度か見に行ったのを思い出した。見るだけだから、と言っていつも見るだけで帰った。店員と顔見知りになっていたようだった。

　先輩は、博士課程に進むつもりなんだと話した。その話もうつ井は初めて聞いた。秋葉原から電車で一時間くらいだけど、安く入れる学生寮があってそちらに引っ越そうと思っている、と。抽選だからまだどうなるか分からないのだけど。うつ井や富山にとって先輩は映像配信や制作の現場でフリーランスとして仕事を請けてお金を稼ぐ方法を直接教えてくれた人だ。芸術系の博士課程に進むというのがどういうことなのかよく分からない。初めて請求書を出した先は先輩だった。請求書を出したんだ初めて、と富山に報告した日を思い出した。大学のカフェテラスの端にある小上がりの畳の上に、徹夜したあと二人で寝転がって、初めて出した、と言いながら頬が緩んだ感じを思い出した。あの請求書が、どこにどう回ってどうやって処理されて、自分の銀行口座にお金として入ってくるんだろうと、ずっと想像していた。データが流れて自分のアプリのプッシュ通知が鳴るのを待ち受けた。

　少し狭くなるはずだから、決まったら、古い機材とか貰ってほしいんだけど。と先輩が言った。欲しい物があれば、だけど。うつ井は部屋を見渡した。酔いが回っていた。これは、またやってしまった、と後でまた反省するパターンかもしれないなと思った。飲み始めるとだいたいそう思う。

寝落ちするのが頂上だとして、だいたい四合目くらいに来たときにそう思う。もう止まらなくなっている。要するに飲み会だろうと独りで飲もうと、たいてい四合目は自覚する前に過ぎている。立ち上がって、隣の部屋に続くドアを見た。少し開いていて、向こうは暗い。青い小さい光がいくつも灯っているのが見えた。先輩の作業部屋だ。そちらへ行こうとすると先輩も立ち上がって、うつヰの背後からドアを押し開けた。どうぞ、という声が耳に届いた。このどうぞを、富山と大和は聞いただろうか。

先輩が処分したいという機材を見せてもらった。ちゃんとリストにして送るから、そのときに考えてよと、最後に先輩は告げた。一緒に説明を聞いていた富山はグラフィックボードが欲しいとねだった。それはタダではあげられないから、と先輩が拒んだので、じゃありストには買い取りならOKというのも入れてください、と頼んでいた。リビングに戻ってうつヰは焼酎を飲み始めた。大和の肩に首を乗せて甘えた。大和が髪を撫でて額に唇をつけた。カーテンを見た。裾というのか、いちばん下の布が折り返してあるところが汚れていて、ほつれていた。作業場は薄暗かったが、たぶんこの部屋と同じ物だった。あちらもそうなっていたのだったかどうか、気になった。背の高いスチールラックが窓から数十センチ離れて置かれていた。一番下の段だけ物が少なかった。窓とラックの間の床を観察していると大和が焼酎を注ぎ足してくれた。

日付が変わっていて駐輪場に入れず、自転車を出せなかった。日曜の朝に置いてから、そのままだ。ヘルメットと作業着姿の人たちが劇場の前に集まっていた。外壁にワイヤーが何本も下がっていて、それを見上げていた。うつヰも立ち止まって見上げた。大きなポスターが吊り上げられていった。公演のタイトルを覚えておき、プリンセサイザでロブロックスに入って飛田給の王女に対面するなり、すぐにその話をした。殿下、イベントといえば飛田給ですね。そうね。その日となれば特急がわざわざ臨時停車するんだよ。人々がたくさん来ますか。ええ、人々で満ちて、境までいつも賑やかになるんだよ。その後、仕事の話をした。個人事業主で、都度チームを作りながら受注しているらしかった。忙しそう。忙しいよ。飛田給の王女は翌日にやることのリストを作ってから眠るのだと教えてくれた。優先順位をつける前にとにかく全部出すんだよ。優先順位をつける前に、出したそれらを砕いていくんだよ。主語と動詞だけの一文で具体的に言えるようになるまで。王女は空中にテキストを出して、実際にリストを作るところを見せてくれた。競技場の真ん中で、天気は快晴だった。時間が経つと三階席の屋根の向こうに入道雲がせり出してくるのが見えた。一つやることを消化すると、そのリストの行が揺れて崩れて煙になって、たなびいて消えていくエフェクトを見せてくれた。消化といえば有給の話を思い出して、それも王女に相談した。有給休暇なのだから、二つの単語の頭文字だけ取るべきではないか、とうつヰが文字を見せながら意見した。労務の人から見たら、休暇の処理の中で普通のお休みなのか欠勤なのか休みだけど給料が出る日なのかなんなのか、が知りたいのであって、だからほんとに有給と思ってるのかもしれないよ。いや、不統一なんですよ。メールとかスラックで、いつもバラバラ。

　競技場の中に十名くらいの人々が現れた。同時に移動してきた。ダンスサークルの人々で、飛田給の王女に披露しにきたのだ。このあと西調布駅、次いで調布駅も訪れるのだという。うつヰは飛田給の王女と一緒にダンスを鑑賞した。曲が終わると王女は拍手した。激しい雷鳴を響かせながらあの入道雲がみんなの頭上に移動してきて、観客席やフィールドの照明が全部落ちた後、雲自体が光って、だんだん光量が大きくなって、弾けた。光が消えてまた青い空が見えたかと思うと、はるか頭上から雨粒がいっせいに落ちてきて、ぐっしょり濡れた。

うまい具合に曇りの予報だったので、今日だけで終わらせてしまおう、そうしましょう、と朝の内にうつヰと部長は言い合った。いちばん早い新幹線で合流した。指定席を手配したのは部長で、だからうつヰは切符を持っておらず、新幹線乗り換え口の近くで待っていた。現れた部長は、コーヒー買ってから乗ろう、と言った。機材の入ったバッグをうつヰよりもずっと多く持ってきていて、接近してくるのがすぐに分かった。スターバックスへ向かうのに隣を歩いているときはあまり近寄ると弾き飛ばされそうに感じた。荷物も含めた体積で、いま自分の倍以上あるなと思った。あんまり熱くないといいなあ、と呟いたのが聞こえた。横顔を見ると、髭を剃っていないのが分かった。部長はうつヰの持っている機材を一瞥して、一つだけ素材感の異なる革のトランクを気にするような素振りを見せてから、あのプラスチックの蓋の飲み口って中身がすごく熱いとつらいというか怖いよね、と心配そうに言った。ドリップコーヒーのトールサイズを買ってくれた。

三時間乗って、港のある市に着いた。駅からタクシーで繁華街まで行った。運転手に、一番手前にある横丁の前で降ろしてください、と頼んだ。部長は飲み屋横丁マップを運転手に見せた。二枚持っていて、一枚には赤いペンで線が引かれていた。横丁をつないでいくルートになっていた。その始点に降りて、機材を取り出した。一眼レフのカメラを一脚に装着して持った。上の方に重心があり、油断すると倒してしまいそうになる。部長はどのポイントを撮っていくかを指示していくので、一脚を持って撮影するのはうつヰの役目だった。二メートル以上の高さまで上げて横丁の様子を俯瞰で一枚撮り、同じポイントで高さを下げて水平に一枚撮る。部長は予備の方の一眼レフを肩から下げて、時々うつヰの後方から撮影の様子を撮った。

天気は午後になっても予報通りに曇りが続いた。雲に切れ目ができていないかを部長は時々気にした。水曜で営業しない店が多いはずだったが、それでも出張客ではなく地元の人のための店は開けるだろう。港町だから開店はとても早い。海から上がってきた漁師のために、ほとんど昼間といっていい時間帯から飲み屋が開いていく。いずれにしても人通りがほとんど無い内に撮影を済ませたかった。一本目の横丁の端まで出ると、道路を挟んだ向かいにセブンイレブンが見えた。部長が昼食を買ってきた。とろろそばがいいです、とうつヰが言ったのでそれを買ってきてくれた。なめこが付いてるけど大丈夫なんだっけ、と心配そうに部長は手渡した。セブンイレブンは常に間違いないので大丈夫だ。見ればなめこではなくなめ茸だった。長谷部さんありがとうございます、とうつヰは頭を下げてから容器を開けて食べた。トランクの上に腰掛けて、二人で道端で食べた。食べ終わったプラスチックの容器をビニール袋に入れて、部長はまた道を渡ってコンビニへ捨てに行った。そのあとすぐに二本目の横丁へ入っていった。

明日は筋肉痛がつらいかもね。きっとそうだろう。終わっていないデスクワークのことが頭に浮かんだ。ひとつ思い出すと湧いてくる。門脇にデータを渡していないし、提案書は明日中だ。明日の帰りの新幹線で済ませるべきだろう。うつヰ、と部長が頭の上から声をかけた。ここまでの撮影でつかんだ要領で、ポイントを指定していく。部長から受け取ったソニーの一眼レフで撮影風景を撮った。端から端まで少しずつ進めた。最後に行き着いて、念のため二人で撮影データを確認した。五百枚以上あったので、一枚ずつ確認するのではなく、カメラのディスプレイでざっと送っていった。小さい画面でも、一筆書きで横丁を抜けていくのが分かった。大丈夫なんじゃないでしょうか、とうつヰは言った。じゃあ、これで明日は帰るだけだな。部長が嬉しそうに応じ、うつヰの背後を見た。振り返ってみると、暖簾を掛けている人の姿が見えた。このあたりの横丁にたくさん並んでいる、ごく小さな居酒屋、屋台とも道に張り出した東屋ともつかない、ガラスの入った引き戸を開ければ背の高い椅子とカウンターがあるだけの店が営業を始めようとしていた。

　店の人に話しかけて、生ビールを一杯、出してもらった。雲間から太陽が出て、横丁に差し込んでいた。西日というよりはまだずっと高い、白い黄色い光。引き戸の外に並べてある機材のトランクを横目でとらえて離さないようにしながら、一気にあおった。最高だ、まいったな。と部長は言った。ですねえと答えながら、うつヰは自分の持ってきたトランクを見ていた。それから千円札を一枚、部長が店主に渡した。次に来ることがあったら五百円玉をポケットに入れておこうとうつヰは思った。横丁を出て、ゆっくり歩いて駅前のホテルへ向かった。明日はゆっくり帰ればいいだけだから、ご飯食べたら適当に解散しましょうね、とうつヰは言った。ゆっくりと、部長が聞き漏らさないように口にした。今のは気遣いだ。気遣ったぞ、と胸の内ではっきり呟いた。あとで人に話したいからメモをしておきたいと思ったが、両手が塞がっていてできなかった。そうしているうちに予約したビジネスホテルの入り口に着いた。

チェックインして、それぞれの部屋に荷物を置いて着替えた後、トランクを開いてプリンセサイザの道具一式を布団に並べた。ヘッドマウントディスプレイに、胸と腰と太ももに巻くセンサー付きのベルト、首から肩に広がる帷子状のパッド。密教の法具に似た形のコントローラはアルミ製で、バスケットシューズのような底の厚い靴には牛革が使われていた。四方に撒いておくブロックは緑の光を灯して点滅している。余分な道具が混ざっていることに気づいた。銀色の角張ったカートリッジだった。よく知っているロゴマークのシールが貼ってある。借りっぱなしだ、まずい。明日、立ち寄って返してしまおう。

　アイフォンのアプリを立ち上げた後、ペアリングボタンを押しながらプリンセサイザを起動して、フォートナイトへ入った。ロケーションで西調布駅を選んで降りた。レジスタンスエリアを抜けたところで背後から撃たれたので全力で走り、建築モードで防壁をクラフトしながら安全地帯に入った。振り向きざま、射線がどこに通っていたのか確かめようとした。どこかかなり高い所からのようだったが、結局分からなかった。暗渠というのか、地下に続く構造物の陰でサイファーをしている人たちがいた。うつヰに気づいて指を差した。うつヰは手を振って輪に近づき、少しのあいだ見学していた。布田駅に新しく王女が現れたから、午前でフリースタイルのバトルを披露することを企画しているのだという。それは素晴らしいねとうつヰは言った。調布はこのマップの地続きだということも教えてもらったので、お礼を伝えてうつヰは歩き出した。彼らの視界から脱したところでヘリコプターを呼んでラダーを降ろしてもらい、つかまって一気に調布へ移動した。パルコの屋上へ飛び降りて駅の方を見た。調布の王女は見当たらなかった。新しく現れたという王女に挨拶しようと、布田まで行ってみることにした。プリンセサイザ側のメニューでフォートナイトから出て、ＶＲチャットのワールドへ抜けていった。開発中の布田は駅の構内に入ることしかできなかった。構内もデフォルトの状態からほとんど何も手を施されていないようだった。金魚鉢と人々が呼んでいるガラスの待合に入り、ベンチで寝転んで過ごしていると、布田の王女が現れた。地面に届くほど長い髪で、といってもそもそも背丈がとても低い、うつ丼のへそくらいの高さに目線がある小さな姿をしていた。

殿下、とうつ丼は言い、跪いて挨拶をした。さいきん始めたばかりで、なかなか慣れないのだという王女とうつ丼はおしゃべりをした。つい王女の頭を撫でた。王女も仕事の出張先のビジネスホテルにいるのだと明かした。このあと髪がくしゃくしゃになっているだろうから、たぶん叱られます。布田の王女は言い、ため息をついて見せた。わたしは、さっき仕事が終わって、あとはもう飲みに行くだけです。いいなあ。あっちの屋台、こっちの屋台って渡り歩きながら飲むのですって。いいなあ。こたつがあってどてらが置いてあるそうで。とうつ丼が言うと、王女はいちだん高い声で、あー、どてら。私も、そこに行ったことあるかもしれない。あら、お仕事でですか。そう、仕事で。同じ場所かもしれないですね。これから誰と飲むのかな。上司です。なんか大変そうね。いえ、気楽な人なので。酔っ払うと面白くて。タヌキのことばっかり考えちゃうそうです。なに、タヌキ。そう、タヌキのことばっかり考えちゃうって、呟きながら飲むんです。なんかあれだね、考えちゃうって。タヌキのことばっかり考えちゃう。設定しておいた離脱の時間が来て、うつ丼にだけ聞こえるアラームが鳴った。布田の王女に別れを告げると、うつ丼を上目遣いで見つめた。あなたが飲み終わって帰ってきて、もしまた会えたら話したい。イエスです、殿下。頷いてみせて、うつ丼はログアウトした。二つの層からログアウトしていくのでやや手間がかかる。その間に、消えていくうつ丼の体、腰のあたりに手を伸ばして王女が撫でるのが見えた。

　ホテルの一階のレストランでうつ丼は味噌汁を飲んだ。ふつか酔いの朝には味噌汁を飲むといいと学生時代に教わっていた。家にはお湯さえ沸かせば飲めるようインスタントのを買ってあったが、お湯を沸かすのが億劫で飲んだことはなかった。二度とこんなになるまで飲まないと誓って、ただ水をたくさん飲んで出かけていくばかりで、買ったきり触っていなかった。あれの食べていい期限は過ぎているだろうか。きっとずっと過ぎているだろう。はじめに具を選んだ。小ねぎや油揚げや豆腐の乾燥したのが小分けに並んでいて、椀に入れていく。うつ丼は小ねぎを摘んで入れた。小指くらいの長さのステンレスのトング。爪が妙に尖っているように見えた。それから電気の大きな鍋から汁を移した。ビュッフェ形式で、色々用意されていた。白米、納豆、卵焼き、パン、ベーコン、オレンジなど。港町だからということなのか、魚がいくつも出ていた。焼いたもの、煮たものがあった。皿に盛ろうとしたが、胸焼けがしてやめた。盆の中央に何も載せていない皿を置いたまま座席を探した。壁際の一人で座れる席がよかったが、二人用のテーブル席しか空いていなかった。

　塩気が舌、喉、胃にしみていき、うつ丼はため息をついた。豆のかすの食感を感じるような濁った汁で、塩分が高かった。ふつか酔いの朝に味噌汁を飲むといいと教えてくれたのは誰だったろうか。いいというのは、楽になるということだったか、ふつか酔いから脱しやすくなるということだったか。いずれにしても、またやってしまった。ゆっくり飲んでいると、少し食べられるような気がしたので、白米をお椀に半分くらいと、温泉卵と、その横にあった出汁のたれの袋詰のパックを取ってきて、ゆっくり食べた。味噌汁も新たによそった。今度は豆腐を入れた。やすみやすみ、少しずつ食べていると、壁に向かっている席で部長も朝食を摂っていることに気がついた。トレイに小鉢がいくつも載っている。背中が小綺麗に見えた。折り目のついているワイシャツを着ているからだ。出張の荷物としてクリーニングでたたんであるのを詰めてきたのだと思った。トレイの脇に、プラスチックの蓋が付いている紙コップが置いてあるのに気づいた。コーヒーを部屋へ持って帰れるということなのだろう。それは良いアイデアだ。シャワーを浴びて着替えて部屋を出ていく支度を済ませてしまって、それからベッドの上でゆっくりコーヒーを飲もう。ぬるくないといいのだけど。プラスチックの蓋は外して飲もう。

　部長からチケットを渡されていたので、新幹線の席に直接向かった。うつヰが席にたどり着くと部長はもう座っていて、荷物を棚に上げるのを手伝ってくれた。三人掛けの窓際と通路側に、間を一席開けて取ってあった。いちばん大きなトランクを間の席の前に置いた。さらに荷物棚と足元に荷物が分かれているから、東京駅で降りる時に気をつけなければとうつヰは思った。部長は、ちゃんとホテルで領収書をもらってきたか、席は窓際に座りたいか、と続けざまに訊いた。新幹線が動き出すと、部長はリクライニングを倒し、深く腰掛けて目を閉じた。アルコールの匂いがして、この人もかなり飲んだのだ、とうつヰは思った。最初に選んだ横丁の中ほどにあった、小上がりのこたつに、近くの屋台からガラスのコップに入った日本酒を持って入ったことははっきり覚えている。

冷え込んでもいたし、棚に置いてあったどてらを着た。得意な気持ちになって杯を掲げた。部長もうつヰの真似をした。うつヰはがぶがぶと日本酒を飲んで、得意ですなあと大きな声で言って笑った。そのあと、おれはあっちの横丁に行ってみる、と宣言して部長は去った。日本酒のコップはうつヰが戻しに行った。

　都心へ戻り大学の建物に入った時、自分がまだ酒くさいのではないかと気になった。糊のきいたシャツを着てもなお漂っていた部長のあの匂い、つまり服ではなく体から出てくるふつか酔いの体臭を、母校のエントランスで放っているのではないかとうつヰは心配になって、壁面に並んだテーブルの、入り口に近い席を選んで座った。そこは空調の真下で、風が直接当たる。学部生だった頃、真夏に登校するとまずここに掛けて、一気に体を冷やしていた。うつヰの他には誰もいなかった。受付の小さなカウンターの内側も無人だった。奥の部屋に照明がついているのは分かった。うつヰが通っていた頃は、直接、室内を覗いてスタッフに声をかけられるようになっていた。カウンターの位置がずれて、入れないようになっていた。二つ引いてきたうちのトランクを一つ、床で開けて、外付けのハードディスクを取り出した。レノボを開いた。ワイファイをつなごうとした。見覚えのあるＳＳＩＤに、在学中にもらっていたパスワードを入力した。たまたま覚えやすい文字列が振られていて、うつヰはずっと覚えていた。だがつながらなかった。会社のポケットワイファイの端末を取り出して、そちらでつないだ。Ｇメールを開いて、大学の問い合わせ用メールアドレスに送信した。卒業生の者です。借りたままの機材（ポータブルＨＤＤ、バッファロー製、シルバー）をお返ししにきました。来校しているのですがどちらにお渡しすればよいでしょうか。

返信はすぐにあった。相変わらず速い。電話をするより直接訪問するより、組織で受けているメールの反応が速い。名前を呼ばれた。受付のカウンターに出てきた人が手を挙げていた。レノボやポケットワイファイをしまって、バックパックを担いだ。トランクを引いてカウンターへ向かった。明らかに無人でも、知った場所でも、目を離すならうつヰはそうした。いつも思い出すのは大和のトラブルだった。スターバックスで、確保した席の椅子の上に荷物を置いて、蜂蜜をカフェラテに注ぎに行った束の間に、財布だけ盗まれた。泣きながら電話してきた。日本なのに、と言っていた。迎えに行くと鼻水を垂らしていた。ハンカチを持っていなかったので服の袖で拭いた。眼の下のメイクが溶けて、浅黒い肌に黒い染みがにじんだ。うつヰは何も言わなかったが、一緒に来た富山は、確率論だ、と言った。富山はその後、財布を見つけて戻ってきた。一万円札は抜かれていた。警察に行くかと訊いたら、大和は、できれば行きたくないと言った。

記事、見ましたよ。不意に言われた。銀色のポータブルＨＤＤを渡して、いつ頃に借りたものだったかを説明し、長く持ちっぱなしになっていたことを改めて詫びた後だった。それはどうも。ところで、今日は先生はいますか。部屋に居ると思いますよ、と彼は答えた。今朝、見かけましたから。

学長室をノックすると、なつかしいタイミングで返事があった。ドアの曇りガラスの向こうは暗かった。これもあの頃と同じだ。鍵は掛かっていなかった。これも同じ。三年生になった頃に、やっとノックを覚えたね、と言われたのを思い出した。散らかった部屋の奥の小さなデスクで先生はアイマックに向かっていた。そのディスプレイの明かりで顔の半分が照らされていた。眼鏡が光っていた。このディスプレイはラティーナといって、人間の網膜より細かいんだよ。だからこうやって顔を近づけても、ピクセルが一つも見えないんだよ。そう言って眼鏡を外してディスプレイに顔を近づけていたのを思い出した。先生も、記事を見たよ、と言った。すごいね、おめでとう。ありがとうございます。前に会ったときより、声がしわがれているように思った。軽く咳払いをして、座ったら、とうつヰを促した。

夕方、オフィスでは前日に取ってきた画像データをまとめて、フォトグラメトリでの３Ｄモデル生成を試した。一度ではうまく行かないだろうし、やってみるだけで処理が終わるまで一時間以上は待機することになると予想していたので、とにかく試しておこうとした。画像を機械が分析して、写真を立体的につないでいく。最終的には、横丁から横丁へトンネルのように抜けていく、細長い空間の３Ｄモデルが出来上がるはずだった。部長が現れて、用事は済んだの、と訊ねた。頷いてみせつつ、直帰するんじゃなかったんですか、とうつヰも訊いた。片付けたら、もう上がるよ。はい私もそうします。隣の席に座っていた門脇がそれを耳にして、じゃあ飲みに行きましょうよ、と提案した。出張帰りで疲れているし荷物も多いので面倒に感じたが、夕食を済ませられるならいいか、と考えて誘いに乗ることにした。池袋でもよければ。じゃあタナカで、と部長が言った。串カツとハイボールだ。

門脇は座るなり煙草を取り出して咥えて、ライターをカチカチ鳴らしながら灰皿を探した。見当たらず、店内を見回している間に生ビールのジョッキが届いた。門脇が煙草を取り出すのも、部長が入店するなり生ビールを頼むのも速すぎだ、とうつヰは思った。迅速というか、ほとんど颯爽といっていいだろう。先月くらいから全店禁煙になったって、とうつヰはアイフォンの画面を見ながら門脇に教えた。まじすか、と言いながら門脇は煙草を箱に戻そうとした。ハイライトのソフトケースの口が歪んでいて、手間取った。ねじこもうとして押さえているフィルタに口紅が付いているのが見えた。門脇は喉を鳴らし、唸るような音を出した。じゃあ、まあ、あとで外に行きます。それから三人でジョッキを合わせて、ひといきに飲んだ。いやあ、最高だ。いやあ、まいった。と部長が言って、串カツを注文するための紙を引き寄せた。うつヰはどんどん飲んで、チンチロリンで獲得した特大のハイボールを門脇が飲み切るまでに、生中を追加で二杯と、メーカーズのハイボールを二杯飲んだ。なかなか酔わないので、焦ってきてどんどん頼む。部長は、これも食べなあれも食べなといって、うつヰに串カツを勧める。揚げた紅生姜の美味さをこの時うつヰは初めて知った。長谷部さんは本当にうつヰさんが好きですよねと言って門脇が立ち上がった。部長は、最後に肉吸い食べような、と言った。門脇が煙草から帰ってきて、部長とうつヰの背中を叩いた。三回ずつ叩きながら座った。その時、テーブルに置いておいたアイフォンが振動したのにうつヰは気づいた。聴覚が敏感になっている、と思った。実際にはそうでもないのだろうが、酔い始めるといつもなぜかそう感じるのだった。アイフォンをひっくり返して、うずらの卵をひとつ口に入れながら見た。ラインだ。富山と大和とのグループだった。明日、先輩が現場の仕事で助けてほしいと連絡してきたらしかった。フェイスブックのメッセンジャーアプリのアイコンを見たらバッジが付いていた。先輩からで、明日たすけてほしいのだけど、という内容のことが書いてあった。富山と大和と自分と、最初に連絡したのは誰だろうとうつヰは思った。わたし明日休みます。分かった、そろそろ肉吸い頼もうか。

　部屋に帰ってシャワーを浴びた。バスタオルを棚から出して、髪の水気を取り、肩から足元にかけて拭いていった。プリンセサイザのパーツを布団の上に出して並べてから、また風呂場の横の洗面所に戻ってドライヤーで髪を乾かした。ヘッドマウントディスプレイを、半乾きの頭で被ると不快だ。髪に癖もついて直せなくなる。美容院で教わったポイントを心がけながらドライを終えて、プリンセサイザでクラスターに入った。ワールドは国領駅、広場で王女に奉納するアバターのモデリングを競い合う大会に参加した。人々の内、うつヰの隣にいた一名が、耳を尖らせて髭の濃い、風が当たると揺れるアバターを作っていた。うつヰは国領の王女の笑顔を思い出して、あの笑顔に着せる服をと思い定めて作業した。空中でゆっくり回転させながらあちこちを整えていると、耳と髭のアバターを作っていた者が指差した。いまの殿下の姿と変わらない造形だ、と指摘する。似せて作ったが全然ちがう、とうつヰは反論した。皆のアバターが出来上がると国領の王女が現れて、ひとつずつためすがめつして、最後にうつヰの作ったものの前に戻ってきた。それからうつヰに微笑んでみせた。殿下、と小声で呼んで跪いた。目を伏せている間に王女はうつヰの作ったものの中に入り、ありがとう、と言った。これから、うって出るの。あなたも一緒に来ますか。

　ゲートをくぐるとまず左手に立ち飲みだけの店がある。重ねられたビールケースの上に正方形の合板が載せてあり、客用の割り箸を詰めたアルミの缶が置いてあった。客はそれぞれ、崩さないように気をつける必要があるだろう。同じ造りのテーブルが他にも二つ、軒下に置いてあり、そのうちひとつは狭い横丁の通り道にはみ出している。カウンターの奥は暗く、何も見えない。道を挟んだ右手にも立ち飲みだけの店。こちらは向かいの店の倍くらいの幅があり、脚の付いたテーブルが並べてある。トタンの外壁に品物の札が並べて貼ってある。新しいのも古いのも混ざっていた。うつヰが進むとガラス戸で囲まれた東屋のような店が現れた。一角が開いていて、顔を入れることができた。空のジョッキが二つ、カウンターに置いてあった。それから暖簾を出す前の店。どれも五人も入れば満席だ。その先にトレーラーハウスのような見かけのトイレが設置されており、道の大部分を塞いでいた。通り抜けるためには体を傾けて歩かなければならなかった。植え込みを挟んで、畳の小上がりが出てきた。こたつが置いてあって、その脇の木の棚にどてらが畳んで積まれている。うつヰはこたつの上に上がってみた。出口の方が見えた。黒い。すぐに降りて足早に向かった。視覚と体感がずれて、やや酔った。精度の高いところと低いところがまばらだ。黒いところに体を押し入れてさらに一歩踏み出すと、次の横丁が始まった。一本、二本と駆け抜けていった。最後の、いちばん幅広に作られている横丁では、暖簾を出しているところが目立った。最後に撮ったからだろう。リンクを作っておいた案内所のドアに触って、柴崎駅へ飛んだ。ドアのノブを摑んだ瞬間、全身が発光してうつヰのショートカットの髪が伸びていき、服装が変化した。ガラス戸に変身の一部始終が映っていた。柴崎駅に降り立つと、視界に浮かぶインターフェイスも切り替わった。振り返ると、ドアが消えていった。うまくいった。自分で作ったＶＲチャットのワールドにいちどユーザーとしてログインし、内側からプリンセサイザに入っていけるようにできないか試してみたかったのだった。仕事で作ったフォトグラメトリをユニティに取り込んでアップロードし、出来を見てみることもできたのでうつヰは概ね満足した。

　柴崎駅前のクリーニング店と花屋が一階に入っているマンションの地下には広大なスナック街が広がっていて、ここの王女は深夜から早朝にかけて一帯を気まぐれに流して歩くという噂をよく聞いた。スナックで働きたがる人々が増えていて、柴崎駅周辺のどこかにいる元締めに面接をしてもらう必要があるのだがそれがどの人なのか分からない、というおしゃべりにうつヰは混ざったことがあった。それはクリーニング店のオーナーなのかもしれなかったし、ワールドの端にある動物病院なのかもしれなかった。いずれにしても何かアイテムを持って、その店の利用者を装っていく必要があると。

　うつヰは南口の信金の脇から踏切に立ち入って、線路を歩いた。つつじヶ丘駅へ向かう。いつもより時間があるから、歩いて仙川駅くらいまで移動してみるつもりだった。つつじヶ丘駅はＶＲチャットではなくロブロックスで作られていると聞いていたので、境界がどうなっているのか見てみたかった。プリンセサイザでだけ入れる王の路線は各駅の封地を置いているけれど、それぞれが作られたプラットフォームは違う。ＶＲチャットやクラスターやロブロックスといった、いま誰でもが使える民間のサービスに乗っている。だからプリンセサイザでしか立ち入れない路線ではあるけれど、プリンセサイザだけで動いている駅は無い。線路の周りのマテリアルがどんどん少なくなっていって、この封地が終わろうとしていることが分かった。いつの間にか風がうつヰに向かって吹いていて、足を進めるのに抵抗を感じるようになっていた。頬をざらざらした大きな舌で舐められているような感触。眼が乾いていった。まばたきする度に痛みが走って、まつ毛を長く設定しすぎたと後悔した。身を屈めて、線路の先、濃い黒い雲の曇り空の消失点に向かって歩いた。ごうごうと風が鳴っていて、おそろしかった。途中で誰かが追ってくるような気配がしたが、体勢がつらくて振り向けなかった。あるところで、コツンと腰のあたりをノックされたかと思うと、つつじヶ丘駅の封地に入っていた。視界に表示されているインターフェイスは変わらなかった。両手をかざしてみたが変化はない。やや解像度が落ちたような気もするが、すぐに慣れた。プラットフォームの違いとはまではいえないだろう。すぐに踏切があったので、線路を外れて脇の道を歩いた。電車が走って追い抜いていった。最後部で外を見ている運転士の姿が見えた。走って追いたい気持ちになったが、駅舎のある方向に異変を感じて、足を止めた。

　雨の束が見えた。大雨というか、あの下にいたら豪雨のように感じるだろう勢いで、その範囲にだけ降り注いでいた。ゆっくり移動している。人の歩くくらいの速度で、だからきっと、あの下につつじヶ丘の王女がいるのだろうとうつヰは推察した。たしか武蔵野台駅前のブルーベリー園でのおしゃべりのときに、つつじヶ丘の王女は雨に囚われているのだと言っている人がいた。王女が話してくれたのかもしれない。銀の牢の刑なのだという。ずっと降りこめられている。この先をどう進もうかと思案していると、うつヰを招待するコールが鳴った。通知を見ると、国領の王女だった。その場所がちょうど次に渡るはずだった仙川駅だったので、招待を受諾してうつヰはつつじヶ丘駅を去った。行くとすぐに、国領の王女が仙川の王女とうつヰを引き合わせた。それまで二人はなにか版図の話をしていたらしかった。国領の王女の笑い声が耳に残った。間もなく、約束の時間になってしまったのでと理由を説明して、ログアウトして仙川駅からも去った。

道具をトランクにしまうと、まとめておいた荷物を持ってすぐにアパートを出た。手すりにまた手をついてしまって、火傷しそうになった。少し遅れてしまいそう。自転車で走って、劇場の脇にある駐輪場へ停めた。そこから西口公園へ向かった。うつヰを拾うことになっている先輩の車はまだ見当たらなかった。ポケットの中でアイフォンが震えたのを感じ、確認するとラインの通知だった。長谷部部長がスタンプを送信しました。開いてみると、部長がスタンプを二つ送ってきていた。ごめんなさい、と、ご相談、の二つ。どちらもタヌキだ。タヌキのことばっかり考えちゃう。メッセージのやり取りが面倒なので、うつヰは電話の受話器のアイコンを押した。部長はすぐに出た。もしもし、なんすか。休みのところごめん、寝てた。いえ、ちょっと、外にいます。うつヰは劇場を振り返った。翌日から始まるという公演の大きなポスターを見上げた。その下を、黒いキャップに、黒いＴシャツを来た集団が歩いていた。エントランスの大きなガラスの前を横切っていく。ステージのスタッフだろうか。運動着の人が数人、そこに混じって歩いていた。眼鏡を掛けた小柄な男に、見覚えがあるような気がした。昨日はあんまり飲まなかったな、いつも泥酔するまで飲むのに。そうですね、とうつヰは答えた。見かけた男の様子に気を取られていた。それで、ご用件は。門脇が担当している制作の案件で、夜までに納品しなければならない３Ｄモデルのアバターのデータが開けなくなってしまったのだという。フォーマットはＶＲＭですか。そう、それ。私にできるか分からないですよ。どうかお願いします。ええ、はい。いやあ、まいった、まいった。

　道路に先輩のバンが停まったのが見えた。この後、移動なので、車内から見てみます、と伝えて通話を切った。ありがとう、とタヌキが頭を下げているスタンプがすかさず送られてきた。先輩の車の後部座席に乗り込んだ。富山が助手席に座っていた。運転席との間のカップホルダーに二つ、スターバックスの容器が置かれていた。帰りは機材を戻して俺の家で解散になるけどいいか、と先輩が尋ねた。それは事前に聞いていたので、交通費が出るならもちろん大丈夫です、と答えた。劇場脇の駐輪場もレシートを出せば精算してもらえることを確かめた。バックパックからレノボを出した。バックミラー越しに先輩と目が合った。ちょっと急ぎの作業があって、やりながらです、すみません。富山は、私は寝てますね、と言った。うつヰの目の前で体とシートが擦れる音がした。富山が姿勢を変えたのだろう。富山とよく、大学のカフェテリアで昼寝をしたことを思い出した。窓際の日当たりの良い小上がりで、徹夜で作業した朝や、授業の無い空き時間に二人で寝転がった。うつヰは畳の中央まで行って体を大の字にして寝るのが好きだった。富山はよく、畳の縁、上がり框までたどり着いたところで力尽き、腰を下ろして、背中をつけて、そのまま寝そべっていた。靴を脱いで上がればいいのに、と思っていた。革や鋲のついた大きな靴をよく履いていたから、あれを着脱するのが大変だったのかもしれない。今はどうしているだろう。先輩の隣で、どう居眠りするのだろう。靴を脱いでシートの上で膝を抱える富山を、後ろからうつヰは想像した。どんな靴下を履いて、どんな靴を履くようになっているだろう。現場の仕事だから、うつヰがそうしてきたように、きっと動きやすい、そして黒い物だろう。運転席の先輩が、目線を下げて横を見たところを見た。富山のどこを見たのだろう。

　ポケットワイファイでレノボをネットに接続した。ワイファイの接続が不安定になるだろうことと、画面を見つめるせいで車酔いになるだろうことを予想した。早く対処してしまおう。スラックで部長と門脇のいるチャンネルを開き、二人にメンションを付けて、しばらく手が動かせるからデータを見てみます、と伝えた。そういえば大和は来ないの、と前の二人に尋ねた。撮影だって、と富山がくぐもった声で答えた。撮られる方ね、大和はかわいいから。シャジアは芸名はどうしてるの、と先輩が訊ねた。富山もうつヰも知らなかった。調べることもできたが、アバターのデータの場所が分かってダウンロードが始まり、納品用の仕様をまとめたドキュメントも門脇から送られてきたので、そちらに集中した。

　現場は政党のチャンネルの、出張での配信だった。埼玉まで出て、海が見える山の中のリゾートホテルのようなところ、バンケットというのか、大きな広い平たい会場での仕事だった。手が足りないことが直前に分かって、ある程度、その場で自分から動けるスキルのある経験者でないと無理だからということで先輩に招集されたようだった。先輩の法人から払うということで、後で立替えた経費も含めた請求書を出すよう指示された。ホテルでの仕事が終わると、また先輩の運転で帰った。池袋の近くを通り、よく知った道を過ぎるのを、後部座席で窓に寄りかかってうつヰは見ていた。

　約束通りに先輩の家まで乗っていき、富山と一緒に機材を戻すのを手伝った。いちど台車を先輩が取りに行って、地下の駐車場に戻ってくるのを待った。戻ってくるのを待つ間、富山と少し話した。富山は電子タバコを吸っていた。ご飯食べて帰ろうか、と提案されたが、うつヰは断った。先輩が台車を押して戻ってきて、三人で三往復して機材を入れた。最後に台車ごと室内に入って、ソファに座って休憩した。先輩が配信用の機材をいくつか持ってきて、このエーテムミニでよければやるよ、と言った。博士課程、決まったんだ。あ、おめでとうございます。だから三月までに引っ越す、寮の部屋がここより狭くなるから、減らしておこうと思って。え、じゃあ欲しいです、と富山が手を挙げた。というかこの部屋ごと引き継ぎたいんですけど。けっこう高いよ。少し間を置いて先輩が家賃の額を教えると、富山は、春から社員になる予定なんで、たぶん大丈夫です。と言った。秋葉原から一本で行けますよね、とうつヰは質問した。そう、だからあんまり、遠い感じはしない。

　富山と先輩のマンションを離れて、中央通りを歩き始めたところで、忘れ物をした、とうつヰは富山に告げた。戻って取ってくるから、先に帰ってて、じゃあね。了解、じゃあね、またね。一階の自動ドアの前でインターフォンを鳴らすと、すぐに通してくれた。ちょっといいですか、とだけ先輩には言った。エレベータが遅かったので、階段で上がった。ドアが開いて先輩が顔を出した。ちょっといいですか、入っていいですか。先輩を追い越してリビングに進み、スチールラックと窓の間を観察した。五十センチくらい空いていた。その後、作業部屋に入って、やはり何も置かれていないスペースを検めた。室内は先輩が自分で組み立てたマシンのＬＥＤの明かりだけで、暗かった。スイッチを探して天井の照明を付けた。それから奥に進んで、カーテンの裾を触って調べた。リビングと同じで、ここのカーテンにもたくさんのほつれがあった。記事を見たよ、と先輩が背後から声をかけた。おめでとう。ありがとう、とか、どういたしまして、のような返事をするだけして、うつヰは先輩の方を振り返りこう言った。この家には、猫がいましたね。その顔が得意げで、見たことのない表情だったので先輩は驚いたらしかった。

＊　＊　＊

　エレベータで門脇と一緒になった。エントランスの角を曲がった時に、大理石の廊下の壁に人影が映ったから誰かが後に続いていると気づいてはいた。その人を待って開けておくのも面倒だし知り合いだったら朝の挨拶をしなければならなくなる。エアポッズを外しておはようございますとかおつかれさまですとか言うことになる。音楽を止めるためにエアポッズにタッチするがそれをポケットにしまうときにまた触れてしまって、外さなかった片側の耳に音楽が流れ続け、結局は相手がなんと言ったか聞き逃して、イヤホンを外したはずなのに聞き返した、という経験を何度もしたことをうつヰは覚えていた。だから開いたエレベータに乗り込むなり閉のボタンを押した。閉はいつも開の右にある。扉に近いほうが開、遠いほうが閉。連打しても早く閉まるわけではない。扉が開いたら最短距離で手を差し入れてボタンをおさえるのが一番早い。靴音が聞こえた。門脇が走って乗り込んできた。扉が閉まらないように手でおさえ、うつヰさんどうも、おはようございます、と大きな声で言った。エアポッズプロを装着しているのが見えた。したまま話せる人なのだ、初めて知った。エレベータの扉の、三重構造になっている鉄の機構は真ん中にある一枚を先頭にスライドする。それは敏感で、指で触ると簡単に、置いてきた二枚の間に入っていく。それを感じ取って扉は開いていく。この機構のために指が挟まれて怪我をすることはない。閉じていくエレベータを開けたければ、あの先頭を滑り出してくる角の丸い敏感な鉄を指先で押すだけでいいのだ。いつも左側、扉の側にある開ボタンを押すより確実で速い。何より本当にこのエレベータの開ボタンは左側にあるかどうかを確認する必要がない。門脇は手のひらでおさえつけるように端まで鉄の扉を追いやって、それから箱の中に入ってきた。うつヰはエアポッズを両方外して閉めた。手が滑ってエレベータの扉の溝に落としてしまったら困るので、できれば閉まりきってからにしたかったが門脇が話し始めたので仕方なくそうした。暑くないですか、今日。門脇はTシャツだった。うつヰはいつもの黒いパーカーを着ていた。中はTシャツで、キャミソールと下着を着ていた。パンツはいつものスキニーではなく幅広の、薄い素材のものを履いていた。パーカーと合っているか少し不安だったがそうした。キャップの中が蒸れて汗をかいていることに気づいた。バックパックを背負っている背中も湿っていた。暑いとまでは、とうつヰは言った。まだ三月だし。

　いや今日は暑くなりますよ、と言いながら門脇はエレベータホールの角を折れてトイレへ向かった。うつヰはまっすぐにオフィスへ入った。机に着いたが座らなかった。椅子にバックパックを置いて、ノートを出した。朝起きて、書き出してきたリストを見た。箇条書きで並んでいる。挟んでおいたボールペンを持っていちばん上を見た。朝、ぜんぶ書き出してきた。ロッカーと引き出しが空になっていることを確認すること。先週やっておいたが、一応。印鑑だけ引き出しに入っているので回収してバックパックにしまうこと。マシンの冷却スタンドを門脇にあげること。営業の池田さん、村岡さんに挨拶に行くこと。挨拶で言うことのメモはスラックの自分宛のダイレクトメッセージに保存してあること。社長の大倉さんは、もし部屋にいたら顔を出して挨拶すること。お世話になりました、が言えればいいから特にメモは用意していないこと。スラックの全社宛のチャンネルで退社の挨拶を送ること。文案は自分宛のダイレクトメッセージに保存してあるからコピペして使うこと。レイアウトを確認してからにしたいので、スマホではやらずに、レノボで最後の作業にしておくこと。レノボはACアダプタとまとめて情報システム部の藤井さんに戻すこと。藤井さんがいなければ机に置いておくこと。出ていく時には人事の秋山さんにセキュリティカードを返しておくこと。移動時間に屋根上点検台について調べておくこと。ログを見て武蔵野台の王女があの時に何を話していたか思い出しておくこと。終電で帰るには、というか二十五時くらいまでに帰ってプリンセサイザで千歳烏山駅に行くには何時までにどこへ行かなければならないのか、調べておくこと。センターからバスということだったが学生寮からバスというのは何時まで出ているのか。これは調べたところで分からなさそう。Gメールやスラックやチャットワークを、一通りログアウトしておくこと。順番は関係なく見開きの左のページに書き出しておいたのを、右側に並べて書き直してきた。一番上の、池田さん村岡さんからやろう。これからやる、という意味で項目の左に書いた星印を丸で囲んだ。ボールペンは、これがいいよと勧めてもらってからずっとそうしているジェットストリームだ。誰から勧められたのだったか。

営業のフロアに行こうと机を離れたところで、声をかけられた。人事の人だ。秋山さんだ。今日まででしたね。はい、そうです。カード、どうしますか。

今、セキュリティカードを返してしまってもいいかと思い、うつヰは渡した。ランチで出たりしないんですか、と秋山さんが言ったので、その前に出ちゃうので、いいです。と言うと、ではハンキュウですね。やりとりしている間に門脇が来た。さっきよりメイクが濃くなっていた。何か言っている秋山さんに相槌を打ちながら、レノボの下に置いていた冷却スタンドをずらして、門脇に渡す準備をしようとした。秋山さんにセキュリティカードを渡すことと、門脇に冷却スタンドをあげることの項目にチェックをした。そうしてひとつずつ、リストを消し込んでいって、退社の挨拶をスラックで全社に送信した。作っておいた文案からは、改行を少し増やした。一度くらい本文中にスタンプを入れてみるかと思ったが、結局やめた。レノボを閉じて、ACアダプタをまとめ、バックパックを背負って情報システム部の部屋に向かった。サーバ室と同じでいつも冷房がかかっている。藤井さんはいなかったので机に置いて、そのまま会社を出た。

　秋葉原駅に着いて、路線を乗り換えた。改札を探すのに時間がかかった。事前にアプリで乗り換えを調べた時に、なぜか秋葉原からの乗り換えが表示されなかったことを思い出した。もしかして、この駅からは乗り換えられないのかもしれない。心配になったが、先輩が、秋葉原から一本だから、と何度も言っていたのでそれは間違いないのだろうと内心で自分に言い聞かせた。よく知っている電気街口を出て案内表示を端から目視で確認していった。他のとは発色の違う、黄色い下地の案内を発見して、それに従って歩き、ついにその路線の電車に乗れた。

　シートに座って、バックパックを膝の上に載せた。向かいに座った乗客が全員、黒いマスクをしていて、気になった。一人は制服を着ていて高校生だと思われる、それから青年といったらいいのか、とにかく若者。脱いだ上着を手に持っていた。ロングカットソーの下の胸板が厚い。もう一人はうつヰより一回り年上に見える女性。パーマをかけている。パーマか。それよりも黒いマスク。光沢のある黒。花粉症ということなのだろうけど、わざわざあの色を選ぶのだろうか。花粉症がひどくなったら自分もマスクをするかもしれない。持っている服がほとんど黒なのだから、確かにマスクも黒にしたら全体的に整うのかもしれないけど、でもどうだろう。黒のマスク。スーツに白い靴下を履いている人を見た時の感じを思い出した。駅の階段を上がっていて、目線の高さくらいに見えた、前の男のスーツのズボンの裾の下が真っ白で、なんだか驚いたことがあって、それから気になってついスーツの男を見ると靴下の色を見てしまう。特に溝の深い、小学生がよく履いていたように記憶している、運動靴によく合う厚めの白い靴下。誰かに洗濯してもらって真っ白に戻してもらうための、汚してまた戻すために作られたような白。あれで校庭を駆ける。重心を傾けてコーナーを曲がる、赤や白の帽子。あの溝の深い白い厚い靴下だが、スーツのズボンをたくし上げていったら、赤や黒や緑や青の横縞が現れるのではないかと思っている。雷のマークや獣の跳躍するマークが縫われているのではないか。中学生の男子も履いていたかもしれない。小学生は児童、中学生と高校生は生徒。学部時代、大和が教えてくれた。大和は、生徒になりたいと思っていたんだと話していた。生まれた国にいて、女子高生に憧れていたという。セーラー服を着るアルバイトもしたことがあって、着替えた写真を送ってくれた。富山も同じ写真を受け取って、大和かわいい、と言っていた。生徒になれたんだ、よかったね、とうつヰは返事を送った。私たちも生徒じゃん、と富山が言ったので、生徒というのは中高生のことで大学生は学生なんだって、と大和が教えてくれたまま受け売りを言った。法律に書いてあるんだって。小学生は児童。中学生と高校生は生徒。大学生と大学院生は学生。駐輪場に平日いる係の人は、うつヰのことを、おい学生、と呼び止める。大学生の時は、まあそうだしな、と思っていたが今もそう呼ぶ。おい学生。プリンセサイザでは、もうすぐ、殿下と呼ばれるようになるはずだ。王女だから殿下。その日には、各駅の王女が集まって、歌をうたうことになっている。武蔵野台の王女の話を思い出した。あの駅には屋根上点検台というのがあって、高いところに一列で整列できるようになっている。調べたところによると、倉庫に入っていく前に停めた、あるいは出してきた電車を上から点検するための台。電線とパンタグラフの間くらいに目線が来て目視しやすくなっている、駅と最初の踏切の間くらいから始まって、鉄のはしごに昇っていける、人ひとりぶんの通路になっている、手すりが付いた細い白い、頑丈で全長十七メートルある台。何が見えるだろう。来週には咲くそうだけど。例年より一週間ほど早いらしくて、満開になるのはさらにその一週間後くらい。

　黒いマスクの三人の内、女性がうつヰの方へ向かって来たので驚いた。肩が跳ね上がってしまった。びくん、となってしまうこの反応だが、何と呼べばいいのか。驚くと肩が反射的に跳ね上がる。女性がうつヰの頭上に手を伸ばした。黒いマスクを見つめすぎたかもしれない。女の肘が目の前まで迫って、それから力を込めたのが分かった。窓を閉めたらしかった。マスクの下で何か言っているようにも聞こえたが、分からなかった。目を閉じて、このあとの行程のことを考えることにした。一時間くらい乗って、センターに着く。センターというくらいだから、その学園都市の中心部だろう。そこからペデストリアンと呼ばれている広い歩道がずっと続いていて、そこを歩く。三キロくらいあるはずだった。ロケットを右手に見ながら進む。橋を二回渡って、森を抜けると先輩の部屋がある一帯。最初は寮と言っていたけど正確には宿舎というらしかった。寮と宿舎の違いはなんだろう。何かが余分にあったり無かったりすることをその意味に込めているのか。集落みたいなところに着いたら迎えに出るからラインして、と先輩は言っていた。

何駅か過ぎたので、薄目を開けて様子を見た。黒いマスクの三人はまだ乗っていたが、全員スマホを触っていてうつむいているようだったので、うつヰは目を開けた。あの人はきっと花粉症で、だから窓を閉めてほしかったのだろう。うつヰもアイフォンを取り出した。手癖でスラックのアイコンをタップした。レノボはサインアウトしてきたが、アプリはそのままにしていた。片手で開けるように一枚目の画面のいちばん右、上から三番目にアイコンを置いていた。ホームボタンを押したら親指を斜め上にやってスラックをタップする、というのが癖になってしまっている。最終出社というのを果たしたのだからもう見なくていいと思っていたが、会社のワークスペース以外にも色々つながりがあるからこれからも使うだろうし、やっぱり一番に開いて見ることになるような気がする。未読のトップに、社長の長い投稿が表示されていた。うつヰをメンションしてある。直前の投稿はうつヰからのもので、退社の挨拶だった。わざわざスレッドへの返信をタイムラインにも表示されるようにしていた。つまりうつヰ以外の従業員たちに読ませようとしている。本来なら直接皆様のところにお伺いしてご挨拶をすべきところ、こちらのチャネルでの投稿となり失礼いたします。続けて、三段落でこれまでの感謝と今後について書いた。それに返信する形で社長からのメッセージは書かれていた。新卒から入社してすぐに活躍し、先日はアワードも受賞し。うつヰさんが辞めると聞いて正直、残念でしたが。その前向きで積極的な、独り立ちへの意志を聞いて感動しました。

先輩の部屋にはエアコンが無かった。先輩の部屋には、というか、この一帯の棟のどの部屋にも無いらしかった。多くの部屋が玄関のドアを開け放っているのが見えた。簾のようなものを掛けている部屋もあったが、多くは室内が見えた。玄関のドアというか、開けたその場所が部屋の全てのようだった。コンクリートでできたその棟の外観は、うつヰの借りている部屋が入っているアパートよりもずっと大きく堅牢に見えたが、不自然にドアの数が多いように感じた。迎えに来た先輩に連れられて四階まで上がり、室内に足を踏み入れたところで、その理由を見つけた。部屋が狭すぎるのだった。壁際のベッドに膝を乗せて、先輩が壁を軽く叩いた。ごく薄い。合板、もしかするとベニヤかもしれなかった。コンクリートの壁と同じ塗料を塗っているが、あれはただの木の板だ。薄いから、大きな声を出さないように気をつけて。と先輩は言った。きっとここは、元々ひと部屋で設計してあったのを、後から二つに分割することになったのだ。部屋数を増やさなければならなくなったのだろう。もう一方の壁に触れると、コンクリートの感触がした。

先輩がドアを閉めると、湿気を感じた。部屋に漂う湿気、ベッドにおいてあるマットレス、そこに敷かれているシーツ、端に積んである洗濯物が繊維の間に溜めている湿気。扇風機は大きすぎて邪魔だから買わないのだと言った。足元と窓際、デスクの上に小型のサーキュレータが置いてあって、一つはマシンを冷やしていた。外の空気の方がまだ涼しいので窓から室内に向けて風を送っていた。足元の一機の風は、靴を脱いだうつヰの脛に当たった。ここじゃ猫は飼えないですね。野良猫がけっこう棲んでいて、この間、宿舎の中まで入ってきた黒猫が、部屋の外からこっちを見てたよ。

ここは男子棟だから、トイレは別の棟か、管理棟へ。と先輩は言った。管理棟には風呂もあって、毎日そこへ入りに行くのだと続けて説明した。食券のようなチケットを百八十円で買って、都度、番頭の係をしている人に渡すらしい。食堂の券売機では風呂のチケットも売っていて、いちばん下の段にそのボタンはあるらしかった。食堂は開店後すぐに行けばカツ丼が食べられるが、値段と量からいって人気がありすぐに無くなるらしかった。あとで近くの学生向けの居酒屋に行ってみるか、集落の外のコンビニに行って何か買いだしてくるかしようと先輩が言い、うつヰはその食堂で食べてみたいと答えた。コンビニで納豆だけ買って、食堂に持ってきて百二十円のご飯と、無料の味噌汁でいつも食べている人がいるんだよと先輩は話した。ここに引っ越してからまだ二週間くらいで、食堂に行く時間もばらばらなのに、なぜかよく見る。納豆は三個セットのを買っているようなのだけど、一個だけ食べて帰って、次に現れた時も三個セットの買ってきたばかりのをビニール袋から取り出すんだ、残りの二つはどうしてるのだろう。朝食と昼食じゃないですか、とうつヰは仮説を示した。そうか、そうだね。と先輩は言い、うつヰの顔を両手でつかんで唇を唇に付けた。うつヰはかるく口を開けて待った。そこに先輩の舌が入ってきて、うつヰの舌に絡めた。それから先輩は壁を叩いてみせた時にそうしたように片膝をベッドに乗せながらうつヰに体重をかけて倒し、パーカーの中に手を入れた。左手だった。いちど中のTシャツの上から胸を触って、それから裾を引っ張り出してキャミソールもたくし上げた。指先でブラジャーをずらすと、乳首を親指の腹で触った。首筋を舐めて、うつヰかわいいよ、と言った。それからうつヰの全身をマットレスに押し上げて、服をぜんぶ脱がせようとした。ジーンズをつかんで引っ張る時に太ももに引っかかって手間取ったが、うつヰが手で押し下げるようにして、やっと脱げた。うつヰの性器を先輩が舐めている間、うつヰは天井を見て、それから顔の横の壁を見た。ベニヤに色を塗っただけの壁。うつヰの漏らす声が大きくなっていき、壁の向こうで物音がした。隣の学生が聞き耳を立てているかもしれない。私の立てる声を聞いて、自分の性器を擦り始めたかもしれない。そこを黒猫が出入りしているかもしれない。先輩の性器がうつヰの性器に押し当てられた。入ってくるのが分かった。また声が漏れた。だんだん大きくなっていく。片手で口をおさえられた。ベッドが揺れて、また向こうで物音が聞こえた。

うつヰをベッドの上に残して、先輩は床に降りて服を着た。ズボンだけ履いて、汗をかいた上半身を乾かそうとしていた。サーキュレータの風が届く場所に移動して立って、うつヰがベッドの上で下着を身につけるのを見ていた。不意に、先輩が近づいた。またキスをされるかもしれないと思った。先輩はうつヰが尻を付けていたあたりのシーツに触れた。そこが濡れていることを確かめた。シーツをつまんだ。濡れたところだけが遅れて、その下のマットレスから剝がれた。舌打ちが聞こえた。

帰りはセンターまで車で送ってもらう段取りになっていたが、うつヰは頼まずに歩いて帰った。あの一本道を戻るだけだから大丈夫です、と言って部屋を出た。ドアを閉めようとノブに手を掛けたが、そのままでいい、と先輩は言った。舗装された道の両脇は林になっていて、まばらに設置されているどのベンチにも人が座っていた。街灯の届かない真っ暗な席に三味線を弾いている人がいた。しばらく進むとまた三味線を弾いている人がいた。前からと後ろから、弦をかき鳴らす音に挟まれ押しやられながらうつヰは進んだ。今日はプリンセサイザからロブロックスに入り、千歳烏山駅に行くんだ。布田国領の王女との約束があるんだ。布田国領の王女は元々、国領の王女だ。布田の王女の版図を得て布田国領の王女を名乗った。そういう経緯もあるから千歳烏山駅のワールドに入るのであれば慎重になる必要があるが、現地の王女の機嫌を損ねない範囲で商店街を見学して、蘆花公園駅との境目あたりを歩こう。それから外での商売の話をしようと予め示し合っていた。

　朝いちばん早い新幹線に乗るはずが、なぜか中央線から新幹線の改札へ歩くうちに青色の東海道の方へ歩いてしまっていて、分からなくなって立ち止まって考えているうちに指定席で買っておいたチケットに乗れなくなった。緑色の東北新幹線のところに行って、改札のブースのアクリルのところに顔を突っ込んで相談すると、後から来る新幹線の自由席になら乗っていいと言われた。また思い込みや勘違いで全然違うところやすごく時間のかかる電車に乗ってしまうような恐怖を感じてそれは具体的にはあの表示の中のどれですかと尋ねると、はやぶさの五号だと言われたので、三十二分発の二十一番線という、あの、あれですね、と確認した。駅員が頷きながらうつヰの背後を一瞥した。後退りしてすぐ脇の改札に切符を通した。後ろから来ていたのは車椅子に乗った人だった。大きな車椅子で、銀のホイールのタイヤは少し八の字に傾いていた。うつヰと同い年くらいに見えた。首が曲がっていて、手をアームレストに固定していた。指先でスティックを動かしているようだった。その操作によって滑らかに進んでいった。モーターの音が聞こえた。その車椅子の下部の荷物置きに、革張りのトランクが詰められているのをうつヰは見た。

　改札には入らず、構内を少し戻ってスターバックスへ行き、ドリップコーヒーを買った。座席でマシンを開いて、飲みながら作業をした。充電が気になったが、きっと席で電源を取れると思った。

調べれば分かることを調べないままにしておくからいつも間違うのだ。そのことを思い出して、はやぶさ五号の座席でＡＣアダプタが使えるかどうか検索した。ポケットワイファイも会社から借りておくべきだったと後悔した。借りるというと、貸していただく、みたいな感じだが、いやこれは少し違うだろう、と思い始め、やや腹立たしく感じた。このコーヒーのレシートだって門脇に渡していいかもしれない。グランデにすればよかった。だが両手に荷物を抱えてカップを持ち歩けそうになかったので、時間までに飲みきれそうなトールサイズにしておいた。

　自由席に座ることができて、予定より一時間近く遅くはなったが港のある街に到着できた。タクシーを降りてから足早に歩いて、最初の横丁の手前にある職業安定所を過ぎる際、後ろ手に引いていたキャスターが側溝にできていた窪みに引っかかって弾け、体勢を崩して転んだ。ため息をつきながら立ち上がると黒いスキニーパンツに穴が開いていた。血が滲んでいた。一本目の横丁の端まで出たら、道路を挟んだ向かいにセブンイレブンがあったはずだ。あそこで絆創膏を買おう。そこまではこのままやってしまおう。一眼レフカメラと一脚を取り出して、撮影を始めた。アイパッドで前回の記録を見て、時々、メモしておいた手順のマニュアルを確認しながら進めていった。基本的には前回の二度塗りだ。あの時より気候条件は良いように思うし手筈も分かっているからとにかくどんどん進めよう。

　中ほどにある店がもう暖簾を出していた。早朝というか未明から出ている船が帰ってくるので、そのために開けるのだという。うつヰは一脚を持ったまま生ビールを一杯もらった。締切のガラス戸の縁に石突をひっかけて、カウンターに立てかけた。さすがに一眼レフカメラを雲台に付けたままでは先端が重すぎたので外して置いた。ジョッキを半分ほど一気に煽ったところで、このやり方は愉快かもしれないと思った。ジョッキが小さめだったのでもう一杯もらった。これは得意だ。引き換えに五百円玉を二枚、カウンターに置いて、飲み干すなり通路に戻った。血行が良くなったせいか、さっき擦りむいた傷が痛んだ。セブンイレブンには早くたどり着かなければならないとして、こうして撮影のみちみちで飲んでいくのはいよいよ愉快なことだ。二本目の横丁にも昼から開ける店があったように思う。作業はこなして行けば大丈夫。前回来たときのようにひどく暑いということもない。横丁を吹き抜ける風は潮気も少なく心地いい。

　一眼レフカメラを装着して空中に掲げた。これは会社に戻す必要があるから、気をつけて扱う必要がある。門脇が申し訳無さそうに、何度も頭を下げながらカメラを持ってきたことを思い出した。池袋の劇場の前まで来てもらい、そこで受け取った。見たことのない表情をしていた。珍しいというよりも、自分がもう社外の人になったのだ、と思った。だからこそ申し訳なかったのだ門脇は。今日でなくてはならないのかと尋ねたが、今日でなければならないのだという。戻す時も、取りに来ますから、本当にすみません。と詫びていた。この分の給与の扱いはどうなるのか、人事の人に問い合わせたくなったが、面倒に思って、結局しなかった。ただ門脇とだけのやりとりで済ませたかった。腕組みをしながらうつヰは門脇の話を聞いた。バックパックの肩を片側だけに掛けてみた。腕組みというのは脇と肘に反対側の手を差し込んで肩からぶら下がる腕を重みで軽く固定することのようだった。右の手のひらで触った左の腕の肉が冷たく、気持ちが良かった。

　ユウキさんが出演することに決まりまして。あの時のイベントに出演していたモデルだ。あの体験をきっかけにVRに熱中して、いらい積極的に活動しているのだという。機材も自分で買い集めているらしい。VRタレントという肩書を付けられているのもネット広告か何かで見かけた。少しお話したんですけど、うつ丼さんのことを覚えてましたよ。そうなんだね、よろしくお伝えしてね。

一本目の横丁の終わりに、大木が生えていた。店と店の間の狭いスペースに、両脇の壁を押しながら伸びている。先にこのひしめく飲み屋の立ち並びがあって、後から無理やり芽生えて生長しましたという風にも見える。そういえば今日だ、と思った。帰る頃には咲いているだろうか。大宮に差しかかる頃には咲いているのが見えるだろうか。咲いたといって遠くから分かるような進行ではないのかもしれない、そうでもないのかもしれない。大木を過ぎて、セブンイレブンに入って手当をし、酒を飲みながら夕方までに一人で撮りきった。帰る前に、最初の横丁に寄って、小上がりのこたつに上がって荷物を置いた。荷物から目を離さないようにしながら、いちばん近くの屋台に入って冷酒をコップで頼み、持って戻った。体を横たえて、手を枕にして飲んでいたら、通りがかったスーツの集団に笑われた。スーツの中に一人、黒い薄いジャケットに黒いTシャツ、黒いジーパンでカメラを肩に掛けている若い男が混じっていた。うつ丼を見下ろした。キャップを深く被り直して目をそらした。

みどりの窓口で指定席を買い、東京行きの新幹線が動き出すまで十分もかからなかった。たまたまそうなったが、ロスの無い移動ができたことにうつ丼は満足した。あとは一眠りして帰ればいい。上野の手前あたりで目を覚ましていたら窓から外を見てみよう。リクライニングを倒し、車内の照明が直接目に当たらないようにキャップの鍔の位置を調整した。腕まくりしていたパーカーの袖を戻した。伸びて緩くなったら嫌だから普段はしないようにしていたが、いつの間にか肘まで上げてしまっていた。服の中から自分の体温で熱くなった空気が上がってきて、首筋から出ているアルコールの匂いと混ざって鼻に届いた。かなり飲んだ。上野のあたりで目を覚ますことはなく、東京駅のアナウンスで起きた。中央線に乗って、また二駅で降りて、大学の建物に入った時、自分がまだ酒くさいのではないかと気になった。壁面に並んだテーブルの、入り口に近いのを選んで座った。そこは空調の真下で、風が直接当たる。

　前回とまるで同じだな、と思ったが、夏の終わりに来た時と違って、先生はいなかった。学長室をノックしてみたが、しばらく待っても返事が無かった。ノブを回してみたが鍵が掛かっていた。くもりガラスに顔を近づけて目を凝らしたが、何かの明かりがついているようにも見えなかった。受付に戻って、約束もしていたのですが、と受付の人に話すと、聞いてみますね、と言われた。秘書に確認してくれるということだろう。秘書はまだあの人がやっているのだろうか。何か分かれば呼んでもらえると思って、テーブルに戻って待った。壁に掛かった大きなサイネージを眺めた。学生がその時分に使っていいとされる、空き教室の状況や、最近のニュースがループで表示されていた。目を離そうとしたら、見たことのある顔が画面に映った。大和だった。目を見開いていて髪が黒くなっていて眉が太く、真顔だからすぐには分からなかった。「卒業生のシャジアさんが出演」とテロップが重ねられて、劇場映画らしいポスターの画像が表示されていた。大和かわいい、と呟く富山の声が聞こえた気がした。その後、卒業式の日付を知らせる案内に変わった。学位授与式、と書いてあるが要するに卒業式だ。この大学は何百もの人を収容して式典を執り行えるような設備を持っていないので、都心の会場を借りて行う。うつヰが卒業した時と同じ場所のようだった。翌々日のようだった。明後日だとすると、リハーサルだとか準備で先生はいないのかもしれないな、と考えた。荷物を持って受付に行くと、やっぱりちょっと分からなかったですごめんなさい、と言われた。首から掛けているストラップの先に写真と名前が大きく載っているネームホルダーが付いていて、キーボードの横に置かれていた。北村さん。北村さんありがとうございます、とうつヰは言った。少し中で待ってみます。

　先生には、会社を辞めるので報告に行きます、と伝えてあった。新卒で入った会社なので一応報告しておくべきだろうと思ったのと、これからの業界でのコネクションのことも考えて、近況を知っておいてもらおうと思った。内定が出た時も報告に来たのだった。あの時はアポイントは取っていなくて、授業の間の休み時間に学長室に立ち寄った。そうなんだね、と先生は言った。別に急いで社会に出なくても、もっと色々やってみてからでもいいんじゃないの、と付け加えた。大学院に進学するのを検討してほしいのだとも言った。昼間にインターンとか個人制作とか、好きなことをして、夜に授業に通ったらどう。富山はそうするつもりなのだということを、その時すでにうつヰは本人から聞いて知っていた。富山がそう決めたのだということを先生が知っているのか分からなかったから、その時は引き合いには出さなかった。ただ、会社勤めをやってみたいので、と答えた。そうなんだね、と言って先生は笑った。そういえばこの前、夏の終わりに来た時は、やはりあの頃よりも声が、枯れていたように思う。記憶と記憶を比べてみると、違いが気になった。記事を見たよ、と言ってソファに座るよう勧めてくれた時にしていた咳払いも、珍しいものに感じた。人前に出て話すことが多いので、咳払いをしないように普段から気をつけているのだと、もっと昔、たしか授業の時に言っていた気がする。癖になってしまわないようにしているのだと。何度か咳払いをして、喋りにくそうにした後、いまどんな仕事をしているのかとか、何を作っているのかなど聞いてくれた。出張でフォトグラメトリの撮影をしてきたのだというと、写真のデータからどうやって３Ｄを生成するのか、実際に作業するところを見せてほしいと頼まれた。あの時にレノボを出して、少しのデータでデモをした。その部長さんは昔会った事がある気がするな、何かで呼ばれたイベントだったと思うけど。

　廊下を端まで歩いて、鉄扉の前で荷物を下ろした。この扉は両腕を使って、体重をかけて開ける必要がある。やたら重いのは、室内の換気設備など、空気圧の関係なのだと思う。扉から半歩離れてノブを引いた。できた隙間に体を挟んで、荷物を引っ張り入れた。工房の中は機材が増えていて、しばらく見て回ることにした。何のための装置か分からないものもあって、写真を撮って型番を控えた。あとで調べる。誰かが動かしているレーザーカッターがアクリル板を切っていた。作業台の上にバックパックが置いてあったから、その持ち主の作業だろう。３Ｄプリンタは四台に増えていた。どれも安価な物に切り替わっていた。昔より市場価格が下がったということではなくて、スペックを下げた物を選んでいるようだった。どんどん使って壊れていくので、消耗品とまでは言えないとしても、安いものを選んで予算の中で台数を増やすほうが合理的ということなのかもしれない。プロトタイプをここで作って、高機能な機種でより質の高いものを出したければ秋葉原にあるプロ向けのサービス設備を使えばいい。歩いていける距離なんだし。そういう考え方も先生から聞いたことがあった。その考え方での配備を実行に移したということなのだろう。

　マシンも置いてあった。スケルトンになっていて、強いグラフィックボードとＣＰＵを積んでいることが分かった。マイニング禁止、と注意書きが書いてあった。マイニングに使えるくらいスペックが高いということだろう。目端の利く学生が夜中にここで仮想通貨のマイニングをして小遣いを稼いでいる様子を想像した。ここで自分もレンダリングさせてもらおうか、と思い浮かんだ。もう会社のマシンは使えないから、自宅にある自分の作業環境で制作をするしかないのだが、当たり前に動かしてきたアプリケーションが重く、待っていられないような時間がかかることが分かっていた。退社日の少し前に振り込まれるはずの賞与をつぎこんで、もっとずっと強いマシンを買うなど、独立用の投資をしなければならないと思っている。今夜のお茶会までに用意しておきたいデータもあった。キーボードに触れるとログイン画面が出た。無理だろうとは思いつつ、学生時代のアカウントを打ち込んでみる。やはり駄目。それはそうだ。学生に戻りたい、とこんな時は思う。

　門脇との時間に遅れそうなことに気づき、急いでキャンパスを出て池袋に向かった。約束の時間に既になっていたが、門脇は見当たらなかった。もうすぐ着きます、と送っておいたラインは既読の表示が付いたままだった。西口公園のベンチに座って劇場を見上げた。いちばん大きな看板のスペースには何も貼られていなかった。公演の入れ替えのタイミングだろうか。秋に見た入れ替えの作業、あの後に掛かった大きなポスターに描かれた満開のあの色彩を思い出した。東京は来週だと聞いている。

　本当に、急なことで、無理を聞いてもらって、すみませんでした。門脇が道端で頭を下げる。毛髪の根本、分け目に沿う一帯が黒くなっているのが見えた。フォトグラできる人、増やさないとね。そう言うと、彼女は黙ってうつヰの顔を見た。私が請ければいいじゃんと思ってるね。うつヰさんが請ければいいじゃないかと思っていることを感づかれないようにしようと池田さんと村岡さんは思っているみたいでしたよ。営業の二人だ。力仕事すぎるから無理でしょう、とうつヰは首を振った。今回だけだよ。有休消化中とはいえ、まあ、まだ社員だし。気のいい社員の円満退社、というトーンを保っておかないと。トラブルになって最後の賞与を払うのを渋られたりしたら困る。門脇が何かスマホで打っていた。覗き見えたインターフェイスから、スラックのように見えた。そのあとラインに切り替えて、忙しく入力していた。もう一度スラックに戻って、よし、と呟いた。一脚とカメラ、返さなくていいって、大倉さんが言ってます。

　帰ってすぐにプリンセサイザでVRチャットに入り、蘆花公園駅で武蔵野台の王女、飛田給の王女がおしゃべりをしている場所へ移動した。殿下、殿下。と言い合い、膝を曲げて挨拶した。改札の中から蘆花公園の王女が現れた。公園までご案内しますね。聞き慣れないイントネーションだった。声色は高音でかつ太い感じに調整してあるようだった。長い髪の末端は束になって深い緑で、蛇のようにうねって見える。ドレスは白い羽衣のような作りで、引きずる裾が赤いグラデーションになっていた。少し離れたところで、細かいところを観察しながらうつヰは歩いた。武蔵野台の王女と飛田給の王女も、蘆花公園の王女とは初対面らしかったが、すぐに打ち解けて話していた。役所の駐車場を横切って、大きな銀杏の木の裏に隠れている鉄条網の破れ目から、近道だといって教えてくれた草の葉のトンネルに入った。四人で笑い合いながら、四つん這いになって潜った。うつヰは先頭から三番目で、武蔵野台の王女の尻を見ながら進んだ。光沢のある紺色のワンピースで、スリットが深い。太ももが時々露わになって、うつヰは首を伸ばしてそっと舐めた。うつヰの尻を、蘆花公園の王女が頭で押したのが分かった。

　トンネルは途中からコンクリートになった。いちど真っ暗になって、前を行く各駅の王女たちの体の隙間から光が差し込んできて、それがだんだん大きくなって外に出た。振り返ると、畑の脇の用水路の出口だった。畑の対角線を歩いて垣根を飛び越えたところが公園の中心で、中央の東屋の周りの空中にタープが掛かっていた。テーブルが並んでいて先客が何人もいた。蘆花公園の王女が現れたと分かると一斉に湧いて、お茶会が始まった。うつヰのところには人々が、かわるがわる挨拶に来た。高尾から始めて、ここまで来られたんですね。そうなんです。ログを見ました、武蔵野台あたりからここまでの駅の王女、ほとんどの方とフィジカルで接触しているみたいです。はい、通知が来たのでそれは知っているのですが、心当たりはないんです。殿下の駅はもう完成したのですか。駅舎の中と、その周りは、一応は。急がなければと思ってます、とうつヰは答えた。レビュアーを開いてデモを見せると、周りに王女たちと人々が集まってきた。その頃には布田国領の王女も合流していて、境のあたりを作り込まないとね、手伝いたいな、などと言ってうつヰの頭を撫でた。撫でられてうつヰは王女の脇のあたりに顔を埋めた。あと、この辺りには住宅展示場があって、モデルハウスのオブジェクトだけはメーカーの画像から３Ｄモデルに起こして並べてあるんですけど、中を作っていきたいなと思ってます。こんど現地に行って撮ってきます。周囲で拍手が沸き起こり、そのアイデアに賛同した。そのあと、王女たちだけで斉唱の練習をした。見学の人々は夜が更けるほどに増えていった。

　起きてまず、マスクを付けた。布団から体を起こすなり装着した。テーブルの上に置いてあった強力3Dワイヤー入りというビニールパックの封を開けた。季節柄だろう、花粉に有効であるということを前面に押し出して書いてあった。青い帯に白い輪郭を付けた黒い文字、濁点が花粉を模しているのか、大きな刺が表面からいくつも突き出した球状に描かれている。それからカーテンを引いた。改めて午前の光で見たカーテンは汚れが目立った。茶色い染みがある。いつだったか、帰ってくるなりビールの缶を開けて勢いよく泡が吹き出て、その時に付いた汚れを放っておいたのだと思い出した。ああいうことの積み重ねでこうなっているのだろう。窓の桟のアルミの板はもう温かくなっていた。手を付いたときに、今日で満開になると予報されていたことをうつヰを思い出して、開けながらアパートの右手、木がたくさん植えてあるのが見える大きな庭の家の方へ目を遣った。たしかにそうだ、今日のようだと思って、よしと声に出した。それから窓を開け放ったままで振り返って、テーブルの脇に置いておいたバックパックの口を開けてさかさまにして揺すった。あの会社に入ってからずっと使っていたバックパックが初めて空になった。昨日の夜に全部道具は出して並べていたが、念のためと底の方に手を入れて探ると、砂のようなおそらく菓子の破片のようなものが散っている感触があった。つまんで除去しようとしたところ、鼻腔がむずむずしてきた。粘膜が私に何か警告している。掃除機を突っ込んで取ろうと思ったが手間と時間と騒音を考えてやめた。朝起きてからの段取りを決めて眠ったのだった。

バックパックは、初めて出社する日が近付いていた、やはり満開の頃に、池袋の西武で買ったのだった。卒業式の前だったか、後だったか。とにかく富山も大和も一緒にいた。西武で買い物をして、そのあと三人でカラオケに行った。歌わずに喋っていた。靴下の色はどうすべきなのかとか、メイクはこれからどうしていけばいいのかとか。さっきやっぱり高い方の下地を買っておくべきだったんじゃないかとか。買ったバックパックの包装を破って捨てて、飲み放題メニューの薄いハイボールを大量に飲んで、そのあと居酒屋に移って唐揚げを食べてまた飲んで、路上で吐いた。苦しくてえずいていたら、大和が中指を喉に突っ込んできた。富山が背中をさすった。よだれを垂らしながらさらに屈むと大和はもう一方の手でお腹をおさえて、どこかの国というのか、とにかく地域の言葉で何か呟いた。そこから記憶が飛んで、次に気がついた時には部屋に戻っていて半裸で寝ていて、富山が布団で寝ていた。掛け布団の上で大の字になっていた。カットソーの袖が汚れていた。触らなかったが、灰色がかった黄色の薄い塊が、鱗のように付着していて、きっと自分が吐いた物のせいだろうと思った。またやってしまった、とあのときの気持ちを思い出して呟いた。富山ごめんありがとう、と心のなかで呟きながら富山の頬に触った。目尻が黒く滲んでいた。地味な顔だから私はメイクを極める、といつも言っていた。なめられたくないからね、のろうか、ころすつもりでいかないと。だから百貨店の一階を一緒に歩く時、富山はいつも背筋を伸ばして肩を張って歩いた。この感じのまま私は世に出ていくから。

　折れた付箋が落ちてきた。開いたら「バスタオルで体を拭く」と書いてあった。返却したレノボに貼ってあったものだ。糊のところに砂状のものや埃が付いていた。うつヰはそれを千切って丸めてゴミ箱へ弾いた。うまい具合に入って、よし、と声に出した。他にクリップ、髪留め、蛍光ペンのキャップ、丸い茶色の錠剤が落ちてきた。錠剤はたぶん、二日酔い防止のものだろう。遅れて向かった飲み会の店に入る前に入っていったコンビニの明かりを思い出した。たぶんセブンイレブンで、だからナナチキだったと思う、ホットスナックとその薬というかサプリメントを買って、外のゴミ箱の前で食べた。バックパックの底に残っていたのはなぜだろう。

　それから掃除機で落ちてきたものを一気に吸って、スマホのアプリを開いてタスクを三つ消した。バックパックを逆さにしてゴミを全部出す、掃除機でゴミを吸う。バックパックを日干しにする。できるなら裏返して中も陽に当てる。飛田給の王女に教わったようにリストを作った。起きたらまず、リストの一番上のことからやる。一つずつ消していく。押し入れを開けて掃除機の付属品の、剣の切先のような物を探し出した。切先は尻のポケットに差し込んだ。布団を畳んで椅子の上に置いて、当然はみ出ているから落ちてこないように台所の方の壁に押し付けた。そうして空いた床面を掃除機で吸った。掃除機の先を切先に付け替えて隅や縁やアルミサッシの溝を吸った。マシンや周辺機器から出ている配線の周りの埃を取った。プリンセサイザのトランクケースを乾いた布巾で拭いた。中の道具も一つずつ取り出して磨いた。天気予報のアプリで雨が降って来る可能性が無いか確認してから、バックパックは外に干したまま窓を締めて、上着を着た。ノースフェイスのセールで買った大きめでごわごわしている、でも軽いジャケット。ポケットがたくさん付いている。バックパックを持たない代わりに財布とスマホと、ステンレスの水筒、ケーブルとアダプタとバッテリをあちこちに詰めて、カメラと一脚を持って家を出た。

新宿経由で路線を乗り換えて、うつヰは降りた駅ですぐに作業を始めた。北口を出ると大きな駐車場の上に仮設で作られた住宅展示場が広がっていて、端から撮影していった。全体像はグーグルマップで上空から確認してあった。予め考えておいたポイントで撮っていった。要領が分かってきて、後はひたすらこの繰り返しだと感じられてきた頃に、ステンレスの水筒を出して飲んだ。ウイスキーを入れてあった。呑み口に唇を付けて少しだけ傾けてみたところで、モデルハウスの間を歩く人と目が合った。黒いスーツを着ていた。会釈をして、一脚の先に付いた、頭上のカメラを指差して見せた。向こうも会釈を返して去った。客を迎えに行くのか、小走りだった。誰かと目が合ったら会釈をしてとりあえず機材を指差して見せる、というのは部長の真似だった。もう部長ではない、だからいつかどこかで会ったら長谷部さん。長谷部さんは苗字の中にも部長が入っている。いま気づいた。多めに一口、含んで飲むと笑いがこみ上げてきた。そういえばこの水筒は何というのだろう。水を入れてはいないから明らかに水筒という名では不十分だ。もう一口飲んでからアイフォンで調べた。クロームを開いて、酒、水筒、金属と打ち込んで検索した。スキットルと呼ぶらしいことがすぐに分かった。これを買った伊勢丹メンズ館の地下を思い出した。誰かとそこに立ち寄ったことがあって、近くの喫茶店で一人で作業した後、戻って買ったのだった。プレゼントですか、と訊かれ、いいえ、と答えた。ご自宅用ですね、と言われたが、たぶん私はそれを路上で使うだろうと思った。ストリートの道具だろう、これは明らかに。

　スキットルでウイスキーを飲むのは、十ポイント撮るごとに一口まで、とした。すぐに酔いが回ったからだ。これで３Ｄデータを起こすには十分だろうと判断して、カメラをしまって住宅展示場から出た。汗をかいていて、駅前のコンビニに入って炭酸水を買った。駅の看板を見て、階段を上がってから東西を両方見渡した。南北なのかもしれなかった。とにかく景色と、路線の両側の境の方を見て、アイフォンのカメラで写真に収めた。うつヰは電車に乗って新宿へ戻る途中、車両が駅構内に続くトンネルへ入って暗くなったときに思いつき、炭酸水のペットボトルにスキットルからウイスキーを注いでみた。最後の一口だった。薄いハイボールができて、それが美味かった。これは得意だ。新宿駅からＪＲへ乗り換える間にいちど階段で下がって、百メートルくらい歩いてまた上るだけの通路があって、両脇のポスターを眺めた。エアポッズを両耳の穴にねじ込んで、音楽を流した。

　上りの階段の直前で、最後の一枚に気を取られて、前を歩く人の靴の踵を蹴った。その人はわざわざ振り返った。ゆっくり振り返ってうつヰを見た。うつヰは頭を下げた。階段を上っていくその人の足元、うつヰが蹴った靴の踵を見た。黒い革靴だった。白い靴下を履いていた。革靴の光沢、ズボンの裾、背広の布地の感じを見て、伊勢丹メンズ館の上の階の方で売っていそうだと思った。その人がこの白い靴下、溝が深くて運動靴を一緒に履いていたようなものを履いているのだと思った。何を調べたらいいのか分からないが、とにかくこの白い靴下についてリサーチしてみなければならないと思った。アイフォンを取り出して、タスク管理のアプリケーションに白い靴下について調べる、と登録した。飛田給の王女がリストの作り方を教えてくれたときのことを思い出した。何をどうするのか具体的に書くんだよ。これは何をどうするかまだ分かっていないから、とりかかるならそこから考えることになるだろう。本当ならそれについて考える、といったタスクを登録すべきだが階段を上りきって、人が斜めにも横にも行き交うところを山手線の方へ渡っていかなければならないので、やめてアイフォンをポケットにしまった。飛田給の王女も今夜、来るだろう。満開です、と今夜は出会い頭に言おう。

　帰宅してすぐにフォトグラメトリの作業をした。マシンが苦しそうに大きな音を立てて、熱くなっていたが、それでも概ね意図した通りに生成できた。それをユニティにアップロードして、VRチャットのワールドの細部に加えていった。プリンセサイザから入ったときにどうなるかを何度か調整して、夕方にビルドを終えた。ワールドの境も作り込みをした。ゲートを置いて上北沢駅と下高井戸駅に続くようにした。下高井戸側は、その先の情報が無いので、どこにもつながっていないゲートを置くだけになった。向こう側が暗闇のままだったので渦巻く青白い光を入れてみた。本当は近づくアバターとの距離で、例えば風圧みたいなパラメータで揺らめく大きな布のようなオブジェクトのプロシージャ生成をしてみたかったが時間が足りず、諦めた。だがメモをして明日以降の作業タスクに入れておいた。どこかの家の夕食の匂いが部屋に入ってきたのを感じたところで、ワールドを確定させて、マシンを全部落とした。電気代が気になったが、今夜は大事なのだからとエアコンを動かすことにした。マシンも冷やしてあげたい。窓を閉め、カーテンを閉め、電気も消して、タイマーをかけて少し眠ることにした。いちど自分のいびきで目を覚ました。カーテンの裾がエアコンの風に揺れているのを見た。

　桜上水の駅の構内にうつヰは出現した。線路の上に出てしまったので、ホームにジャンプして上がった。ホームを端から端まで歩いて、倉庫に続く線路に架けた屋根上点検台の出来を確認した。

片側の端、ホームから遠い方の端にだけ取り付けられた階段で台に上がって問題が無いことを確かめた後、北口から改札を出て、住宅展示場の入り口まで進んだ。住宅展示場も急ぎ足で確認し、ひとつハウスを選んで二階の寝室まで入ってみたところで、ワールドをフレンドのみアクセス可能に設定し直して、その上でプリンセサイザからであれば誰でも入ってこられるようにした。その後、八幡山駅を選んで移動した。そこに約束していた各駅の王女が集まっていた。飛田給の王女もいたのでまず、挨拶した。武蔵野台の王女も、布田国領の王女もいた。時間になるまでおしゃべりをしましょう。それから、皆で一緒に参りましょう。うつヰは八幡山駅の裏手にある並木を、前に来た時から気になっているのだと打ち明けた。武蔵野台の王女がうつヰの手を引いて、行ってみましょうと誘った。うつヰは黙って頷き、従った。首筋が熱くなるのを感じた。並木の入り口は狭くなっていた。いつかのように武蔵野台の王女が先に入っていき、その尻を見ながら進んだ。木の幹はだんだん間が狭くなっていき、最後は先に抜けた武蔵野台の王女がうつヰを強く引いて引っ張り出した。濃い厚い満開の、立ち込めた雲のような大きな塊から花弁が散り、落ちてきていた。風が轟と吹いていて、花弁が舞い上がったり渦を巻いたりしていた。奥へ歩いて行こうとした途端、うつヰは抱きしめられた。殿下、と声が漏れたが、すぐに唇を塞がれた。ひときわ太い染井吉野の幹の陰に押し倒されて体中を撫でられた。耳を舐められ、脇を舐められた。うつヰも同じようにした。王女の首筋を弱く噛んだ。それから武蔵野台の王女がうつヰの乳首を吸い、太ももに手を伸ばし、うつヰの泣きそうな声を耳にすると、濡れた性器に触って指を入れていった。何度も出し入れされて、うつヰは喘いだ。同じことをしようと手を伸ばしたが、押し返された。初めてこんな声を出す、と恥ずかしい気持ちがしたが、下腹から上がってくる小刻みの震えで何も考えられなくなって、王女にしがみつきながら痙攣した。

　武蔵野台の王女に頭を撫でられながら、落ち着くのを待った。すごくかわいかったですよ、殿下、すごくかわいいですよ。うつヰは胸に顔を埋めて、はい、と言った。またしましょうね。はい。それからまた二人で手をつないで並木を戻り、ぎゅうぎゅう狭い入り口を無理やり抜けて、花びらを落として皆のところに戻った。時間が来たことを皆が知って、移動を始めた。王女たちの周りに人々も後方から距離を開けてついてきた。八幡山駅から一群の王女になって歩いた。うつヰは先頭に立った。障害物がある度に王女たちが跳んで先回りしてそれらを排除して、殿下。とうつヰに声をかけた。上北沢駅に出た。この封地の王女は八幡山から一群に加わっていた。駅舎が見えてくると口笛を吹いた。王女の呼びかけでバスが一斉に集まってきた。その一台に皆で乗り込んで、上北沢とうつヰの封地の境に来ると、また降りてゲートをくぐった。

　まだワールドが狭い。すぐに駅前だ。布田国領の王女が進み出て、うつヰの前で跪き、うつヰに呼びかけた。殿下。ここが、あなたの駅ですね。駅舎には入らず、王女たちは金網を越えて線路に降りた。枕木に触れた飛田給の王女が、マテリアルの質感を褒めた。人々は金網の向こうを歩いて、駅舎に入り、改札を抜けて階段を下りてホームへ出てきた。うつヰを先頭に歩く王女たちを眺めていた。王女たちはその視線を受け止めながら、鉄の階段を上って、屋根上点検台に上がっていった。細い白い、小高いところにある台を一列に進み、人々の正面に展開した。歌いましょう、とうつヰは呼びかけた。膝から力が抜けてしまっていて、腹に力が入らなくて、大きな声が出ないような気がした。それでも一声出してみると、構内に響いていくのが感じられた。いつの間にか隣の王女と手をつないでいた。王女たちは次々に手をつないだ。うつヰの駅の隣から高尾山の方へ下っていく順に、上北沢、八幡山、蘆花公園、千歳烏山、仙川、つつじヶ丘、柴崎、国領、布田、調布、西調布、飛田給、武蔵野台、多磨霊園、とつないでいって、この日のために練習しておいた王の路線の歌をうたった。

＊　＊　＊

繁華街から入ろうとすると、いちど地下に入って通路を歩かなければならない。いったん潜ってそれから向こうの区画の階上へ向かわせるのだから、往来をこのように成形しようという、誰かの強い意志を感じる。そうして歩かされながら、両脇にあるポスターを見て、ああ餃子だ猫だ水族館だ、と思うのだった。朝は蒸していた。曇っていた。雨は終日、降らないらしかった。天気予報アプリの今日の天気の下部にある、一週先までの天気を見たら、太陽のマークが連続していた。ほとんど春は終わったといっていい。春でも夏でもない、ただ連休としかいいようのないあの晴れた明るい感じになだれ込んでいこうとする勢いを、取引する人や通い始めた夜間の専門職大学院の同期生たちに感じるのだった。自分がまず、そうなのかもしれない、とうつヰは思った。散発的にいつまでも続く事務手続きと、ひっきりなしに請けて期日が毎日ある納品と、それでも誰かに報告をする必要のない生活にいきなり切り替わって、とにかくもう少し、下旬に入って月末をさえ迎えてしまえばしばらく静かになるはずだ。連休はその到達点だ。その方向へ重心を傾けて、とにかく足が動くようにしている。動く歩道というのか、起伏のないエスカレータに乗った瞬間、またやってしまった、と思った。人波に合わせつつ急いでいたつもりが、なんとなく乗ってしまった。遅い。地下に入っても蒸していることにがっかりした上に、そこからしばらく抜けられない。道が分からないが調べて地上から入ればよかった。いちど地下に入ってから長々と続く通路と、その先の商業施設の構造は客として何度も来て分かっていたが、ここを抜けていった先のあの水平にも垂直にも長い空間が、どのあたりまで続いているのかは想像がつかない。駅を出てすぐ、ここへ向かわせようとする通りの名前が続いているくらいだから、もしかすると地上のどこにも通じていないのかもしれない。地図というかグーグルマップを使っても自分は迷うし、どうせ迷うし。こうするより他にはなかったのだ。でも、こうして苛立ち、ため息がでるほど、蒸して生暖かいのが嫌いなのだ。前の人が進み始めた。一つ目の動く歩道の終わりが近いのだろう。うつヰの背丈では進行方向がどうなっているか見えない。右列に顔を出してみたが、幼児を連れた家族連れが塞いでいた。次のに乗ってしまわないように、左手をベルトに置いて動きを感じようとした。

　会場に着くと富士見がもう作業を始めていた。はじめまして、お久しぶりです。それが富士見の挨拶だった。うつヰは上擦った声で、はい、あの。富士見のフィジカルの顔は知らなかったから、とにかく鳥居ではなさそうな方であるとして、富士見だと判断した。富士見さんですか、と尋ねた。声の調子はまた外れた。キャップを外しながら、お世話になります、と頭を下げた。うつヰさん、早いですね。五階まで吹き抜けになっている会場は、涼しく、乾いていた。頭皮にエアコンの冷たい風が落ちてきて当たった。下げた目線で見える範囲は、近づいてきた富士見の体でいっぱいになった。幅がうつヰの倍くらいあるように感じられた。Ｔシャツも大きい。白抜きの文字で何か書いてあった。下はロングスカートのように見えるが、股下の布の波打ち方から、幅広のパンツなのだろう。柔らかく滑らかな布だろうと思った。白い肌が顎や首の周りで膨らんでいた。

　鳥居は遅れてきて、どうもどうも、と声を張り上げた。フェイスブックのアイコンで見ていた顔そのままだった。パーティー会場のようなところで撮られたらしい写真では笑って口を開けていたが、やって来た時も同じくらいの大きさに口を開けていた。軽く顎を浮かせて、薄笑いを浮かべていた。目が細い。声が大きくて、どうもどうも、というのは通路を駆けながら遠くから放っているのだった。富士見と会うのは何度目かになるそうで、両手を前に突き出して、会いたかったーふじみたん、と言いながら抱きついた。小柄なうつヰよりさらに一回り背が低く、富士見のふくよかな胸に顔が埋もれていくようだった。それから富士見の体に腕を回したままうつヰを見て、ああこれがうつヰちゃんだ、と手を差し出しながら嬉しそうに言った。うつヰはおじぎをして、仕事に誘ってもらった礼を言った。うつヰが撮影や配信、カメラ、照明、などイベント運営まわりのことなら一通り業務レベルでできると知って、鳥居から富士見に推薦してくれたらしかった。本当はその前の素材づくりや、事後の映像編集であるとか、コンテンツを作る方の仕事に重点を起きたいのだが。そうこぼすと鳥居は、どんどん請けていたらそのうち、取れるようになるよ、と言った。富士見は業界では有名なクリエイターだった。鳥居から仕事をもらうことが決まってから富士見のフルネームを知って驚いた。大きなプロダクションに所属していて、仕事の実績をいくつも見たことがあった。うつヰちゃんは作る方が本当は得意って、私が知ってればつないでいけるから。だからポートフォリオは、もっとちゃんと作っておくんだよ。だよ、という声色がいちだん低くなってうつヰの耳に残った。

じゃあ私は後ろで作業なので、あとはあの人に。富士見が去り際に示したのは現場のディレクターだった。その人の指示に従って、あれこれの作業をしてほしいという。はーい、と言って鳥居はそちらへ向かった。腕組みをしてステージに立っているその人に見覚えがあった。鳥居が腕組みをしている人に頷きながら何か話し、振り向いてうつヰを招いた。うつヰも走ってステージに上がった。二本の太い通路に挟まれた、吹き抜けの真下に作られた三面の舞台だ。上がってみると二階のフロアと三階の手すりの周り、一階のここまで続いてきた長い通路のずっと先までが一気に視界に入ってきた。スピーカーが来たらケーブルを引いていけばいいんですね、と鳥居が確認したのを聞いた。養生はPAのところにあるのを取って使ってください。

午前の作業の間、富士見が一度様子を見にきた。何か困ってないかな。大丈夫、お気遣いなく。と鳥居が大きな声で返すと、富士見は首を傾げて微笑んでみせた。それからスクリーンの前に立って映像をチェックしていた。そのあとステージを降りて、鳥居とうつヰが椅子を運んできた客席にするゾーンに立った。手を挙げるとスクリーンに映像が流れた。右手で頭上を指して突く仕草をすると音楽のボリュームが上がっていった。うつヰはプロジェクタやスピーカーの位置を見ていた。この現場で本体と呼ばれている運営会社の人たちがどこで何をしているか順に見ていった。最初の本番は夕方のはずだが、ずいぶん早くに進めているのだな。

それは、あれでしょう。疑問を口にしたうつヰに鳥居が通路の先を示した。中央を歩いてくる、細長い人の姿が目立った。ずっと遠く、まっすぐで平坦な四角い道を、波打つ長い髪の白い服の人が歩いてくる。目立つね、華やかね。と鳥居が呟いた。あの白い、布を体に巻き付けたような服だが通路の電灯の明かりを跳ね返すようだ。きれいね。うつヰは頷いた。続けて、後で話しかけてみようか、と鳥居が言うので、それはちょっとどうだろう、と返事した。

ユウキさん入ります、と本体のスタッフが声を上げた。腕を組んだ彼女や富士見さんが出てきて迎えようとしているのを横目で見た。初回の特別ゲストとして出演してもらい、明日の朝のテレビで紹介されるように段取りしているのだろう。ユウキがステージの脇を通って、裏手の控え室に入っていくと、富士見がやって来て、お昼を食べに行こう、と二人を誘った。しばらく、自分はここには要らないから。それからうつヰと鳥居の様子を交互に見て、荷物はどこに置いたの、と尋ねた。うつヰは現場が終わったらすぐに帰れるようにアイフォンだけをポケットに入れて来ていた。歩いて帰れる距離なんです。よく現場仕事で履いていた黒のスキニーパンツはアイフォンを入れると窮屈なので、ストレートのジーンズを選んできた。ステージ周りの設営手伝いと、スタッフジャンパーを着て観覧客の整理だと聞いていたので、これでよかろうと思ってそうした。鳥居は平たいボディバッグを肩から掛けていた。胸が押しつぶされてつらくないのだろうかと心配になった。だが便利そうだ。カレーが食べたい、つけ麵でもいい。と鳥居が言う。どっちも地下にありますよ、とうつヰは道すがら見てきた看板を思い出しながら伝えた。

三人で歩き出してまずカレー屋に向かった。行列になっていて、これはちょっとなあ、と富士見が呟いた。そのあと、つけ麺屋へ行っても同じだった。ちょうど十二時だから、仕方がないか。でもカレーが食べたいな。つけ麺でもいい。鳥居が言いながらスマホに話しかけて、付近の店を調べた。近くにあるよ。ぱっと行ってさっと食べれば戻ってこれるよ。タイショーケンがあって、そのちょっと先に、あ、ココイチある。じゃあそれは、行ってから考えよう。じゃあまず地上に出よう。鳥居が案内板を見て歩き出した。

店と店の間にある脇道から階段を上るとレンガ調の外壁をめぐらせたテラスへ出た。隣に公園に植えられた背の高い木々が見えた。丘のようになだらかな斜面が、ビルと公園の間に続いていて、外から三階くらいまで入っていけるようだった。テラスに席を張りだしたカフェを背にして道路の方へ歩くと、自動車が行き交う音が何重にも聞こえた。高速道路の高架が三本、束になって集まり、全体で大きな天井のようになっていた。うつヰたちが歩く脇にはビルの地下駐車場への入り口や、トラックの搬入口があり、一区画先には三叉路が二つ組み合わされた複雑な形状の交差点があった。手前のごく短い横断歩道の袂には、潮目に浮かぶ小舟のような分離帯があった。排気を浴び続けて黒くなっているのが見えた。髪を後ろに縛って背筋を伸ばした人が自転車に乗っていた。ペダルを踏みしめる度に藍色のジーンズが張って、その下の太ももや脛が引き締まるのが透けて見えるようだった。ブレーキを握り、減速すると分離帯のコンクリートに足を乗せて止まった。子供を後ろのシートに乗せていた。タイヤの周りに風が集まって、乾いた花びらが砂埃と一緒に渦を巻いていた。しまった、思ったより遠くへ出ちゃったな。と鳥居が呟いた。スマホを胸の前で地面と平行にして、地図と今いる場所を比べていた。とにかくしばらく、これ沿いに歩きます。と行って頭上を指さした。高架橋の一本が左にカーブして続いていた。

　四方からひっきりなしに、近づいて離れていく車の音が、さらに高架の厚い橋梁に反響して、声を張らないとおしゃべりができない。ユウキさんのことだけど、と富士見が言った。私は少し気まずいかも。その後、何か呟いたようだったがうつヰには聞こえなかった。富士見とうつヰの間を歩いていた鳥居が尋ねた。征服しちゃったからかな。富士見が頷いたのが、鳥居の頭越しに見えた。ユウキさんは、富士見さんが布田国領の王女だと知っているのでしょうか。私が知ってるってことは、ユウキさんの方でも分かってるんじゃないかな。でも彼女から見たら、たくさんいる関係者の一人だから、見分けはついてないだろうね。本人はそう言うが、富士見はじっさい、有名なので、それはどうだろう。私の駅のイベントに、普通に参加してたよ、こないだ。そうなんだ、人々でかな。うん、人々で。うつヰは富士見に、映像やＣＧの技術について教えてほしいと思った。仕事の内容は富士見に、仕事のとり方は鳥居に学ぼう。

　気まずいといえば。鳥居がうつヰの袖に触った。えっちした人とは、その後なかよくしてるのかな。はい、とうつヰは答えた。鳥居の質問の声が大きいので少し恥ずかしかった。今度そちらとも外で会うことになったんです。どっちから言ったの。私からです。好きって言ったの。いや、そういうのは。目の前に迫った建物の高いところに、丸窓が二つと、その間に逆三角形のレリーフのようなものが見えた。丸窓の周りに大きな円が描かれている。気になって視線を上げた。路面にある建物の壁をわざわざ斜めに切って通行人から見やすいようにしてあった。あれはなんだ、と富士見が言った。ふくろうってことなんじゃないの。交番らしいですね。それで、いつ頃会うの。連休がいいねって話しました。じゃあ会社勤めなのかな。どうなんでしょう、聞いてないです。うつヰさん、四月から夜と土日は学校だって言ってたね。そうだったね、むしろうつヰちゃんの方が時間合わせづらいか。そうなんですよ。楽しみだね。そうなんです。交番の前を通り過ぎた。ガラスの向こうに警官が二人いるのが見えた。一人は後ろ手に胸を張って立ち、高架の方を見上げていた。一人は机に座ってキーボードを打っていた。歩道は左に折れていった。ガソリンスタンドが見えた。その手前で、ずっと頭の上に架かっていた高速道路は右手へそれていき、進行方向の空が見えた。朝と変わらず曇っていたが雲の向こうの光が眩しかった。車の販売場やジムの前を通りながら鳥居は反対側を指さした。トラックが通って視界も声も遮られた。その後に続いてタクシーやゴミの収拾車が通り過ぎていった。鳥居がもう一度手を伸ばして、あっち側にあるはず、と大声で言った。向こうの道の上に架かった二本の高架橋で大きな影が差し、居並ぶ店舗や住居の軒先は全て暗い。あちら側だけ夜のようだ。

　高層マンションの敷地の前に差しかかったところで、あった、と鳥居が声を上げた。まず黄色い地に赤字の看板が目に入った。その辺りは暗いし字までは読めなかったが、とにかく目立っていた。それから、一軒先にあるつけ麺屋をうつヰも発見した。見たことのある看板で、字の判別はできなくともあたりがついた。タイショーケンだね。ですねえ。手前のあれは、インド料理かな。カレーが絡むと看板が黄色くなるのね。マンションのエントランスの前まで進むと、道の反対側からはっきり店の様子が分かった。黄色い看板に載った赤い字は、カタカナで大きな店名と、その上にインド・ネパール料理と書いてあった。大和のことを思い出した。インドとネパールは、バングラデシュから近いのだろうか。隣接し合っているような気がする。そういえば大和が、このあたりに有名なバングラデシュ料理屋があるらしくて、そこに故郷の人たちがいるかもしれない、と行きたがったことがあるのを思い出した。それで、近くまで一緒に行くことになった。その途中で、ついでに全国の餃子を食べてみたいと言い出したので、あのビルに連れ立って行ったのだった。二階の奥のテーマパークに、昭和のレトロな街並みが造作されていた。大和は暗がりが少し怖いと言っていた。案内してくれたのは富山だった。そこの写真をたくさん撮っていた。ＣＧの課題の参考にすると言っていた。そのあと、大和と富山が餃子を五つくらいの店から買い集めてきた。うつヰは生ビールを三人分買って、席を確保した。一度で三杯は持てないので二杯持って席へ運んでから、もう一杯を取りに行った。そういえば今日は一滴も飲んでない。思い出しもしなかった、どうしてだろう。大和はあの後、バングラデシュ料理屋に行ったのだったろうか。ＣＧといえば先生だ、先生とあれきり会えていない。メッセージをもらっていた。先日はごめん、具合が悪かった。院の授業が始まったのにまだ顔も見ていない。わたし何か見逃しているだろうか。

じゃあ、あの交差点の向こうだ。鳥居が勢い込んで言った。目を凝らすと黄色い看板が見えた。私は友達としか仕事しないから。なら、今日はカレーにしよう。そうしましょう。交差点に着いたら、先に青になっている方の信号で渡ればいい。あのカレー屋の手前にある横断歩道には信号が無いようだ。であれば、右側に渡る方の信号が先に青になってくれたら、より早くカレー屋に到着できるだろう。二人を促すように、うつヰはそれとなく歩調を速めてみた。まっすぐ前にある方の信号が青になった。その先にある公園の方から自転車が何台か渡ってくるのが見えた。すれ違う通行人を避けるために一列で走っていて、うつヰの位置からはその一群が三台なのか、四台なのかまでは分からない。私たちがあと十メートルほども進む間に、きっとあの信号は点滅になっているだろう。では折り良く右手の横断歩道が青になるだろう、そこを渡ることになるだろう。それからすぐに左手の、信号の無い横断歩道を渡って、そうしていま斜向かいに見えているあのカレー屋さんに入って三人で食べる。アイフォンで決済できたはずだ、ほうれん草をトッピングするつもりだ。さっと食べてぱっと戻り、現場で仕事をする。後方の車道でタイヤが地面を擦る甲高い音が聞こえて、うつヰの肩が跳ね上がった。

チェンジインボイス

初めて請求書を出した時は興奮した。指定した日までに、指定した口座にお金が振り込まれるはずだ。前にもこれに似た興奮を感じたことがある。うつヰはそれが何だったろうかと思い出すことにした。大学のカフェテリアの奥、東を向いた窓に沿って設置された小上がりの座敷に寝転がり、目を閉じた。膝くらいの高さがある八畳のスペースで、横たわって窓を見ると向かいの古い教会の尖塔に付いたシンボルがちょうど視線の先に来る。畳は敷かれたばかりで、固くて光沢がある。やや緑がかっているのがうつヰには不思議だった。防火処理されている、ということが框に貼られたシールに赤い文字で記されていたから、その薬剤のためなのかもしれない。畳に頬をつけた。脇に置いた黒いバックパックを引き寄せて腹に抱えた。エアコンの風が降りてきて畳を伝って顔に当たるのを感じた。請求書。請求書を送った、あの感じ。マックブックのトラックパッドで、送信ボタンを押して送った。あの感じ。いま感じているのはどこだろう、興奮を。頭頂から探ってみる。毛穴を感じる。少し湿っている。ここではない。眉間、緩んでいる。さっきまで緊張していたが今は違う。鼻。片方の穴は詰まっているけど、右の通りがいい。右側を上にして寝ているからだ。詰まっている方の鼻を上にして寝るとそちら側の鼻詰まりが解消されるというのは本当なのだ。鼻腔に空気が出入りしているのが分かる。奥の方の壁に当たっている。この出し入れをしていると落ち着く。でもここではない。口のあたりはどうか。唇。喉。喉かもしれない、左右に這っているリンパの熱くなるような感じ。初めては先輩だった。

「やってみる？」と訊かれて、やりますできます、と答えた。

先輩は、プロの映像クリエイターから編集作業を下請けしている。うつヰは、その仕事の中の字幕付けを任せてもらった。ユーチューブにアップするための動画だった。新発売のメカニカルキーボードの使用感を紹介するのが一本、定番のマウスを比較検証するのが二本。キーボードはブルートゥースで接続できる新製品で、機器を箱から出して使い始めるところまでを実演して見せていた。一本につき五分程度しかない短いもので、字幕に出すべき単語数も少なかった。機材の情報や台本は合わせて送られてきていた。それを見ながらアドビのプレミアプロで作業していった。ほとんどは大学のマシン室で済ませて、書き出せる状態になってから自分のマックブックに環境を移して先輩に送った。

「書き出しは俺の作業が終わってから俺の方でやるから、作業終わったデータだけ納品してくれればいいんだよ」

送ったのはチャットワーク上でだったが、同じ部屋に居たので口頭でそう言われた。データを送り直すと、先輩はマックブックプロを持ってうつヰの隣に来た。画面で再生しながら、一緒に点検をした。「いいね、おつかれさま」と頷いた先輩は「じゃ、請求書を」と続けざまに指示した。うつヰは、分かりましたすぐに、と答え、用意していたデータをすぐに送信した。その瞬間に備えていたから、フォーマットや記載内容は整っていた。

　その時に送信ボタンを押した、あの時の、喉を覆う厚いゴムの管のような首の一帯の、じわっと熱くなる感じが、座敷の上で蘇ってきた。勝手に頬の筋肉が緩んで、唇が震えたのをうつヰは感じた。

　声が聞こえた。うつヰに向けられている。寝返って反対の頬を畳につけた。うつヰおはよう。目を開けて小上がりの端を見ると、大和が縁に腰掛けていた。レッドブルの缶を持っている。カフェテリアの入り口の自動販売機で、さいきん売られるようになった商品だ。外で買うより二十円も安い、と事務局のスタッフが言っていた。寝てたの、と大和が訊ねるので、味わっていた、と答えた。昨日の夜に初めて請求書を出したんだ。紙？　ううんＰＤＦ。

　大和は上体をうつヰの方に捻った。レッドブルを畳に置いて、手で体を支えた。横たわっているうつヰを見ながら話すので長い髪が胸の前に落ちた。それを耳にかけた。大和の頬は薄くて引き締まっていて褐色だ。うつヰは舌で自分の頬を口の裏側から押した。あの倍くらいの厚みがあるだろう。わたし初めては郵送だった、と大和が言う。それで嫌になっちゃった。納品にかかった作業と同じくらい時間かかって、なんだこれって。

　そうか、でもそれもやってみたいな。言いながら、段取りを想像した。また先輩に出すとしたら、きっと先にデータの確認をしてもらうだろう。ＯＫが出たら、家からだろうとキャンパスからだろうとバイト先の現場からだろうと、次に屋外へ出た時に一番近くのポストに投函する。この辺りで作業していたなら二十四時間やっている神田の郵便局に寄ってもいい。

眠気を感じた。座敷の縁に乗った大和の尻が目線の先にある。頬と同じで薄そうだ。ワンピースのせいでそう見えるだけかもしれない。あの素材は何というのだろう。コットンとかナイロンとかそういう、とにかく布。

大和の向こうから、人がやってくるのが見えた。茶色の地に赤い縞が入ったセットアップを着ている。緑がかった青い髪で、うつヰのと似た大きな黒いバックパックを背負っている。大きなヘッドホンを首に掛けていて、そのゴツゴツした感じと合わせたような革靴を履いている。がこん、がこん、という足音が聞こえた。うつヰの色覚では、チェックの服は波打って見えた。カフェテリアの明るい昼白色の照明の下では余計にチラチラして見えた。ああいう格好を自分もしてみたいが、私が着て私が私の首から下を直視しても、チラチラするだろうか。鏡に映ったのを見てもそうなのだろうか。

富山だ。とうつヰが呟くと、大和は体を正面へ向けた。それから手を振った。迎えられた富山はまっすぐ歩いてきて、畳に上がってきた。眠い、寝る。と言って靴を放った。床に落ちた音が畳の下から響いてうつヰの左耳を打った。底の厚い、鋲の付いた革靴。あれを履くと、富山はうつヰよりも背が高くなる。大和も底の厚い靴をよく履いている。元々背が高いけれどさらに高くなる。大和はスカートにハイヒールを履いてくることもある。脛に筋肉が盛り上がって、筋の谷に影がさっと落ちる。つよくしなやか、あれを強靱と言うのだ。とうつヰは日記に書いたことがあった。

同じ作業してたのにうつヰの方がずっと早かったね、と言いいながら、富山も畳に寝転がった。

ああ、これ気持ちいいね。大きく長く息を吐く。うつヰと富山の頭が近づいた。二人とも徹夜だったの、と大和が訊ねた。富山が答えるだろうと思ってうつヰは目を閉じた。富山の頭から毛髪の、というか毛髪に絡んだあちこちの空気の匂いがした。前にも嗅いだことがある。私は疲労した眠い女の頭頂部の匂いが好きなんだな。金属が擦れて、泡が弾ける音が聞こえた。大和がレッドブルの缶を開けた音だった。

それ、興奮する？

薄目を開けて大和に訊ねた。興奮て、と富山が呟いた。

「目は覚める感じがするよ。うつヰも眠いの？」

ちがう。思い出すことにしたの。

「何を」

請求書を出したのね。興奮した。何かに似てるのだけど、それが何だったかなと思って。と、首の両側をさすった。あのデータを先輩が受け取って、それからどうなるのかな。先輩がクライアントに請求書を出して。クライアントが来月末までに先輩にお金を払って、先輩がそのお金の中から私に支払うんだよね。請求書に書かれている金額で。税込みの方で。支払うって何？　どうやってやるの。銀行かな。ブラウザ上の操作で終わるのかな。そしたら、私の口座にお金が入ってくるんだよね。うつヰはデータの流れを想像した。マックブックから電波に乗って信号が飛んで、ルーターから光回線のケーブルを伝って、どこかのサーバに飛び込んで。そこに問い合わせるクライアントサーバがあって、答えて。私があのボタンを押したことで、ああしてこうして、こうなって、誰かがあちこちで手続きをするんだ。あ、じんじんする。ここが。やっぱりここだ。首というか、喉というか、声帯の上というか。声の出てくるところ。出るというのはなんだろう。

「ちょっと触らせて」

大和が畳に半身を乗り出した。靴を履いたままなのが視界の端で見えた。大和の冷たい手がうつヰの首筋、左耳の下のリンパ節に触れた。親指を掛けて、手のひらで押さえるようにする。富山が天井に向かって大きなあくびをした。

鉄の扉は重く、うつヰは全身を使わないと開けられない。胸に抱えていたペットボトルをいったん床に置いて、棒状のノブを両手で掴み、床を踏みしめた。力が入らない。腕を胸に引き寄せ、体重を背中の方へ傾けていく。こんなに重いのは中の空気が扉を吸っているからかもしれない。うつヰの体を差し入れられるだけの隙間が開くと、肩で鉄板をおさえながらペットボトルを掴み上げ、ファブ工房の中へ押し入った。換気用のファンが回る音が聞こえてきた。機械があちこちで動く音と一緒になって共用部の廊下の静けさを締め出している。三台ある３Ｄプリンタも、大きなレーザーカッターも全部が稼働中のようで、空間全体が忙しそうにしている。ファブリケーション用の機材が並んでできた通路に沿ってうつヰは奥へ進んだ。

中央にある作業台は、レストランの厨房にあるようなステンレスの大きな物で、角張った平たい脚が照明に反射している。台の上には黒いバックパックやマックブック、いくつもの周辺機器が散らばって置かれていた。ヘッドホンがバックパックの影に隣にあるのが見えた。厚い耳当てに青い太い溝があって、だからきっと富山の持ち物だろう。うつヰがレーザーカッターの横を通って工房の中央に進もうとすると、材料を置いている棚の影から富山が現れた。硬い紐状のロールに肩を通して運んでいる。

「それが終わるのを待ってるんだけど」

富山は、うつヰが通り越した3Dプリンタを顎で示した。電子レンジのような見た目の箱で、内部がオレンジ色に光っている。アームが忙しなく動いて、底面に何か射出していた。今はまだ硬い水たまりのようにしか見えない。青に見えるが、外の明かりで見たら違うのかもしれない。富山が作業台に置いたロールは青だ。あれが材料だろう。プラスチック素材の紐。メートルあたり百円を払って使う。

「来たら失敗してて、やり直しで」

だからあと一時間はかかりそうで、だから打ち合わせはこのまま工房でもいいか、と富山が確認した。富山が使っているのはその一台だけで、他は別の人が使っているようだった。設定して造形をスタートさせてから、授業や食事にでも行っているのだろう。荷物は富山の分しか見当たらない。富山に何か言おうとしたが、機械の稼働音より大きな声を出せそうになく、ただ頷いた。彼女の視線が、うつヰの抱えているペットボトルに向けられていた。一階のファミリーマートで買って上がってきた。常温のが売っていて助かった。

作業台のそばまで歩くと、置いてキャップを開けた。握力が足りず、つらかった。作業台は天板の位置が高く、うつヰがペットボトルを置くと蓋の位置は顔のあたりまで来る。だから余計に力を入れにくかった。一口飲んでから、つい、ため息が出た。つらそうだね。富山が言った。それから、「またやったの？」と訊いた。またやってしまった、とうつヰは答えた。富山のメイクは今日も気合が入っている。髪のカラーも綺麗だし、鋲の付いた革ジャンも似合っている。いつもだるそうにしているけれど、うつヰがこうやって消耗して現れると、面持ちを変えて接してくる。

　スツールに座った。腰を乗せるのに、少し飛び上がらないといけない。これもつらかった。隣のスツールにはバックパックを置いた。大丈夫なの、と富山が訊ねるので、平気だよ始めよう、と答えた。富山がうつヰの隣まで来た。二人でマシンを開いた。富山のはマックブックエアだ。うつヰのより薄くて軽い。そして美しい、と横目に機体を見遣ってうつヰは思った。うつヰのは一年生の夏、親に買ってもらったマックブックだ。型落ちだった。これで十分、というスペックを、十万円を出ないように確保しようとすると中古になった。大学の授業や課題にたえるスペックではなく、物理的に重くてもいいから仕事を請けても大丈夫な物が欲しかった。そういえば、その時に相談して、あれこれ教えてくれたのが先輩だった。一緒に秋葉原に行って探してくれた。

　先輩といえば、入金だ。私の請求書は今どうなっているだろうか。先輩がＰＤＦのデータで受け取って、それからどうしただろうか。保存したろうか、いつ処理するのだろうか。それをすると決めている日や、しなければならない期限があってまとめてするのだろうか。私に払うための元手のお金を待っているのかもしれない。入金されたら必ず通知が飛んでくるように、銀行のサイトを確認した。こういうのは、アイフォンとかのアプリがあるのではないかと思ってよく見たら、あった。去年リリースされたばかりのようだった。認証の設定が大変で、疲れてしまった。メモを取りながら設定したが、そのメモのデータをどこに保存したのだったか。

「これが前のやつだって。音、聞こえる？」

　富山がディスプレイをうつ井にも見えやすくなるよう動かした。うつ井の体の方に向けて、それから自分も覗きこもうとして肩を寄せた。また髪というか頭皮を嗅ぎたいとうつ井は思った。鼻を近付けると富山と目が合った。富山が先にうつ井を嗅いだ。たくさん水飲みな、とうつ井に言った。映像の中では、大和が歌っている。渋谷の夜の、見たことのある道のガードレールに尻を乗せていた。体型よりかなり大きなサイズの黒いＴシャツを着ている。自転車がたくさん路上駐車されているトンネルの脇の街灯の下や、坂に架かる歩道橋の階段でも歌っていた。どのシーンも暗く、背景にぼやけて映る街灯や店の明かりが端の方で強調されていた。大和の黒い服と褐色の肌により画面の中央はさらに暗く見え、彼女の眼の白いところに視線が吸い寄せられた。うつ井はペットボトルを両手に持って水を飲んだ。そのミュージックビデオを最後まで見終えるまでに三分の一くらいは飲んでしまおうと思った。三分か四分くらいだろう。時々、声と唇の動きが合っていないのが気になった。些細なことだが見てしまうと気になる。通行人が帽子を変えただけの同じ男の子なのが気になった。鼻が大きいから。

　背後で鉄扉が開いたのが分かった。空気に割れ目ができて、そこに廊下の空気が入ってくる、擦れ合う音がした。振り向くと、先生がいた。先生はいま通っている学生の誰よりも長いのではないだろうかという長い髪で、重そうな革のジャケットにシルバーのアクセサリーをあちこちに装着している。富山がいつも、あれ欲しいんだよな、と言って自分の服と比べている。価格が全然ちがうらしい。先生、と富山が声を上げた。マシンから流れている音楽や３Ｄプリンタの動作音に阻まれて、先生にまでは届かなかっただろう。水を飲み続けながら彼女の顔を見た。嬉しそうだ。先生がゆっくり二人のところへ来る。

「これは、なんの会？」

先生が訊ねた。いつもその言い方だ。一人でいてもそう訊いてくる。作業している時は別で、「えーなにしてるんですか」とそっと言う。抑揚をつけず平板に言う。画面を覗き込んだりはしてこなくて、学生が集中していて聞こえていないようだったらそれで去る。そういう時、先生は嬉しそうだ。

「大和のＭＶの打ち合わせです」

「そうなんだ、大和さんね。歌うんだったね」

本名は何だっけ、と先生は訊いた。富山が答えた。

「これは前のやつなんですけど」

先生にマックブックエアの画面を向けた。

「三年の先輩がゼミの課題で撮った作品なんですけど。次は私たちで一緒に撮るんで」

そうなんだね、と先生は答えて作業台に片手を置き、画面を見つめた。富山が音量を上げた。先生の眼鏡に大和が坂を下りていくところが映っていた。

「うつヰさんも富山さんも、いつも真っ黒」

二人に目を向けた先生がそう言った。先生もそうじゃないですか、と富山が言った。ていうか、うつヰさんは昨日と同じ服だ。まあ、そうなんですよ、とうつヰは答えた。アルバイトの配信現場の打ち上げについていき、加減を間違えて飲みすぎたのだ。帰りの電車で寝過して終点まで行き着き、戻ってくることもできず、始発が出るまでその駅の前にあったガストにいた。ガストではドリンクバーを頼んだが、気持ち悪くて結局水しか飲まなかった。富山との約束があるからそのまま学校まで戻ってきた。顔面がまだ火照っていてつらかった。

　この人、リュックを抱き枕にして、完全に椅子の上に横になって寝るんですよ。と富山が笑って言った。だから寝過ごすんだよ、普通に心配だし。

「そうなんだね、それはそれは」

　そう言った先生の声が、うつヰには急にしわがれて聞こえた。それから、「そうだ、あれを見てもらおう」と先生は急に思い出したように続けた。その声もやっぱり、いつもと違った。人前でよく話す仕事だからだそうなのだが、先生は咳払いをしない。調子が悪くなると小さめの声量にして、そこから少しずつ喉を開いていくと言っていた。風邪かな、とうつヰは思った。思っただけですぐに忘れた。このことを、何年か経ってからうつヰは思い出す。

　部屋から取ってくるからちょっと待ってて、と二人に言って先生は去った。先生が鉄扉の向こうへ姿を消すと、富山が「大和って、どこで服買ってるんだろう」と呟いた。

　ルミネだって言ってたよ。

「ついていきたい」

　それは、撮影の企画としてってこと？

「そうそう、服屋さん」

許可が難しいんじゃないかな。先輩に相談してみようか。うつヰはペットボトルの蓋を閉めた。七百ミリリットルくらいは飲んだだろうか。トイレに行きたくなっていた。先生が出ていった鉄扉を見た。出る時は、思い切り押せばいい。引くより簡単だ。鉄扉は冷たいだろう、頬をつけたら気持ちが良いかもしれない。スツールからそっと降りて着地をすると、不意に思いついた。電車を追いかけるのはどうかな。

大和の尻が合成皮革のサドルの上で丸文字のwのようになっていて、右の底、左の底と交互に沈みつつずっとwに読めるその形状を弾力的に維持している。脇を走る電車と距離がひらいたので大和は腰を浮かせ、ペダルを強く漕ぎ始めた。うつヰは少し速度を落として、視界に大和と、彼女と一体になっている自転車と、車両の端を入れた。それからうつヰも立ってペダルを踏み抜いた。全身に力を込めると視界も狭くなる。大和のwが上下し弾むのを追跡していった。減速を始めた車両と大和の距離が縮まり、また尻がサドルに戻るのをうつヰは見届けた。ジーパンの張りで形を留めたまま、少しだけ輪郭の角度が緩やかになる。このあいだ、カフェテリアの小上がりで畳に乗った大和の尻は、もっとずっと平らになっていた。あの時の大和の格好はワンピースだった。緑の薄手の、うっすら花柄になっていて、腰に紐が付いていた。そのあと大和に首を撫でられたのだった。大和のお尻が色々なところに乗って形が変わるのをもっと見たい。うつヰは大和を呼んだ。大和は「なにー?」と振り返らずに聞き返してきた。息切れしていた。

「たぶん撮れたから大丈夫」

それを聞いて大和はブレーキを掛け、止まった。砂利の多い道で、車輪が斜めに滑った。大和は体を傾けて、靴底をアスファルトに押し付けた。

踏切まであと二十メートルくらい、線路脇で電車を追えるのはここまでだろう。うつヰは左耳の上に掛かっているカメラを外した。親指くらいの大きさの、小さな懐中電灯のような形をしていて、ケーブルがつながっている。ケーブルの先の端末装置はリュックに詰めてあった。ハンズフリーで目線をそのまま撮影できる。４Ｋ画質で撮れるウェアラブルカメラで、大学から借りてきた。企業がモニター用に貸しているのだという。このあいだ、ファブ工房から出て行った先生が戻ってきて、よかったらこれ使ってみて、と渡してくれた物だ。電車を追う大和を追うのにぴったりだとすぐに思った。富山が賛成してくれたので、先生にありがとうございますと言った。箱も取扱説明書も無い、むき出しの状態で手渡された。

ワイファイにつながる環境なら、そのままユーストリームに配信できるらしい。少し前に、先生がそれを装備して散歩していたのを、借りた時になってうつヰは思い出した。いつものように、これはなんの会、と訊ねられたときに、先生の顔の右側に何か付いていると思って耳の上を凝視していたら、見慣れない形のカメラをフックごと外して見せてくれたのだった。その時は、自分で使おうとは思いつかなかった。富山と一緒に大和のバンドの動画を作ることになったのはそれからしばらく経ってからのことだった。案件があってお題があってアイデアがあって、それで道具を見て初めてそれだ、と思ったのかもしれない。内視鏡のようだ、とは思った。麻酔の後に、検査室に寝かされた時のことを思い出した。医師というのか技師というのか、二人の白衣の人に見下ろされていた。口を開けるよう言われた。下の歯に医師の指が掛かった感触をうつヰは生々しく覚えている。細い白い手だった。

検査室の照明の光が反射しているのを見ている間に内視鏡の先端が口の中に入っていった。唾液で手を濡らした気がする、でも実際には手袋をしていたかもしれない。それでもあの手を覚えている。喉にケーブルが入っていって、苦しくて、えずいて、あの人の腕をつかもうとして、もう片方の医師というのか技師というのか、とにかく髪の長い白衣の、まつげの長いあの人に押さえられた。喉の内側にずるずる何か這っていく感覚。激しくもがいた。終わった後に、ずいぶん苦しめてしまいましたね、と片方の人が、医師というのか技師というのか、とにかくうつヰの口に指を入れた人が唾液を拭き取りながら言った。

「今、見れるの、それ」

自転車を降りて、ハンドルを押しながら隣に来た大和が訊いた。できなくはないけど、後で送るよ。と答えてカメラをバックパックにしまった。ケーブルのもう一端に付いているコントローラの小さなディスプレイで見られるのを事前のテストで確認してあったが、後の時間が迫っていた。データを送るのも、まず富山に見せてOKが出てからになるだろうが、そのことも省いた。

分かった、じゃあね。と言って大和は去った。うつヰは目を凝らし、サドルに乗った尻が遠く離れていくのを観察した。腰に力を入れている時とは形が違う。いま完成させようとしている動画は、富山がカットを決める。きっと背景に抜けた感じのある正面とか、横顔のアップとか、とにかく歌っているところを撮るから、大和のお尻のあれこれの変形を使ってもらうのは難しいだろう。今日はさっと二人で撮ってくるからといって任せてもらったが、富山が正式にスケジュールしている撮影日は他にスタッフも入って、決められた通りにカメラを回していくことになるだろう。メイキングということにすれば、大和が色々な場所に座ったり、立ち上がったりするのを背後から観察することはできるかもしれない。どうしてそこまでしたいんだろう。それはやってみてから考えよう。そのときになったら分かるかもしれないし、分からなくてもとにかく、そのときになる、ということに興味がある。興味というのはなんだろう。

うつヰはさっきの電車と同じ方へ進んで、最初に見つけた駐輪場に入っていった。古くなってできたアスファルトのひびから草が生え出ている。空き地に杭を打ちロープを張って、入り口にプレハブ小屋を置いて管理している市営の無料駐輪場で、向かいにローソンと不動産屋とパチンコ屋の隣に小さなゲートがあって、そこが駅の改札への通路になっている。東口、という表示が見えた。ふだん使わない駅だから、覚えておかないといけない。振り返って、自転車を置いたあたりをアイフォンで撮った。ゲートまで歩いて駅名の看板も撮った。ゲートから駐輪場までの道も一枚撮っておく。ビニール袋を両手に持った人が、うつヰがカメラを向けているのを見て顔をそむけた。

電車はすぐに来た。乗り込む直前に念のため、間違えた方面ではないか、ホームの表示を見て確かめた。隣の車両に空席があるのをガラス越しに見つけたのでそちらへ移った。立っている人もいる中でそこが空いていた理由は、席へ向かってみて分かった。新聞を広げている人の膝が大きく開いている。一つ飛ばして座っている人は太っている。体を縮めて座っていたけれど腕が太くて一人用のスペースに収まっていない。うつヰはその隙間に体を押し込んだ。まずバックパックを背中から外してお腹の側に抱え、座席に背中を向けて尻を狭いスペースに目がけて落とした。新聞を読んでいる人の開いた膝をバックパックで押した。それで気づいたようで、新聞の人は新聞を折って体全体の幅を狭くしようとした。一面に、科学者の自殺のニュースが載っているのが見えた。

マックブックを荷物から取り出して開いた。新聞の人がうつヰの顔を見ようと体を動かしたのを感じた。不快だったのかもしれない。ローカルに落としておいたファイルを開いて、今日の現場での自分の分担を確認しようとした。アイフォンのテザリングはパケットが膨れ上がるのが怖いし、ポケットワイファイは割高に感じて契約できない。キャンパスに行けば速いワイファイが飛んでいるから、それと比べてしまうと、便利でもすごく高く感じる。でもネット接続はいつでも、お金を気にせずにできるようになったらいい。そのためにも稼ごうと思った。バイトで振り込んでもらうのではなくて自分で請求書を出したい。

スタッフの出入りが記されている香盤表に富山の名前と並んで「シャジア」と記載されているのは、電車の中でデータを確認した時に気づいていた。

「シャジアって子が来てないけど」

大声でディレクターが言った。

先輩が駆けていくのが見えた。すいませんすぐに、確認します、という声色が、焦っているようだった。

うつヰは自分のマックブックを開いた。暗いＰＡブースの中で明かりを増やすと目立つ。すぐにディスプレイの明るさを最小まで下げた。モニター用のラップトップに貼ってあった付箋を見て、会場のワイファイをつないだ。最新の香盤表を探して開いた。ドロップボックスとかグーグルドライブにしてくれればいいのに。なぜかディレクターは最新ファイルの配布をメール添付で送ることにこだわっていた。

やはり名前はあった。照明補佐の欄に、シャジア。先輩がこっちに来て、何か知っているかと確認されたらどうしよう。さっきまで一緒に居た、と言うべきなのか、どうか。この現場の話は一度も話題に出なかったし、大和は自転車で撮影用の服で家から来て、また帰ったように見えた。

先輩は会場の外に出て行った。廊下の明かりが漏れ入ってきて、またすぐ消えた。電話を取り出して、耳に当てながら歩いているようだった。出入りに必要なカードキーをちゃんと持って出たか、心配になった。さっき富山がカードキーを持たずにトイレに行って、戻って来られなくなってラインの通話をかけてきた。ドアまで行って中から開けてあげた。カードキーはそれぞれの班のチーフしか持っておらず、都度、声をかけて貸してもらう必要があった。それだけでも、配信イベントの会場に使うには不向きだ。自分で仕切る機会があっても、ここはやめておこう。ワイファイのパスワードはビルの名前ではなくて有名な不動産会社の名前がローマ字で使われていた。ここの系列を使う時も念のため使い勝手を事前によく確認するようにしよう。

ズボンのポケットの中でアイフォンが震えた。取り出して画面を見るとラインの通知が届いていた。いつもはロック画面にパスワードをかけているが、現場の仕事をさせてもらう時は少しでも速くやりとりできるよう解除していた。ホームボタンを押すと通知の窓が大きくなって富山のアイコンと「やまとさっき一緒じ」と表示された。全文はアプリを立ち上げないと見えない。

困ったなあ、とディレクターが大きな独り言を吐き出しながらうつヰの隣に座った。それで画面を見られないよう側面のボタンを押して表示を消した。富山はステージ前のカメラ班のところに配置されている。黒いキャップを被った人が二人見えた。あのどちらか。二人とも黒いパーカーに黒いズボンで見分けがつかない。体型で見分けるには遠すぎた。

いつもこうなんだっけ、とディレクターが言う。だから留学生は、ってなっちゃうんだよ。ねえ、国柄とか、そういうのがあるの？

おそらく私への質問だろう。というか明らかにそうだろう。うつヰは席に置いてある大きなノートＰＣを触り始め、気づかないふりをした。ウィンドウズに慣れていなくて手間取っている風を装った。その様子を見たディレクターは「自分のマシンでモニターするのでもいいよ」と言った。そうします、と呟いてうつヰは自分のマックブックを引き寄せた。用意されていた端末を閉じて、その上に置いた。テスト用のＵＲＬを入力して、ユーストリームへの配信状況を見る。ディレクターは隣で映像を切り替えるスイッチャーを操作し始めた。スマホでもモニターよろしくと言われ、うつヰは従った。ファイブエスですけどいいですか。全然いいけど。音も両方でモニターしておいて。

先輩はまだ戻ってきていないようだ。大和がただ今日のアルバイトを忘れてすっぽかしただけではなくて、何か、たとえばあのあと事故に遭ったとかいう何かがあったということだったらどうしよう。ときどき画面を覗き込んでくるディレクターの目を盗んでアイフォンを開き、富山からのメッセージを見た。「大和さっき一緒じゃなかったっけ」「かわりに照明の方に回れって言われた」「やったことないし」「やってみたかったから、いんだけど」「やまとしんぱい」

目を通してスタンプを一つ送った後、顔を上げて富山を探した。ステージ脇で見つけた。自分が補助することになった先輩が戻ってくるのを待っているようだ。床に片膝を付いている。黒いキャップのひさしの影で表情は見えない。スキニーパンツを履いた脚が細く尖って見えた。誰かが大声でした合図に反応して富山は立ち上がった。いつもより背筋を伸ばしていて鉄の棒が立っているみたいに見えた。首から脛まで一本の棒だ。照明が落ちて、場内がさらに暗くなり、富山の輪郭が闇に溶けた。もう目で追えない。ディレクターから本番用の中継画面のモニターへ切り替えるよう指示が出て、すぐに対応した。しばらくお待ち下さい、という表示が出ていた。その時、マックブックの脇に置いておいたアイフォンが光った。ディレクターの視界に入らないよう置いてあった。目線だけ動かして、うつヰは通知を一瞥した。銀行のアプリからのプッシュ通知で、入金のお知らせ、と表示されていた。手を伸ばして、そっと操作した。ログインに手間がかかった。第二暗証って何だっけ。ディレクターに気づかれないよう、身動きを最低限に抑えて入力していく。やっと口座の明細が開いた。先輩からお金が振り込まれていた。うつヰは思わず首を傾げた。今なの？

その直後に会場の隅のドアが開いて、黄色い光が差し込んだ。先輩が入ってきた。手にしたスマホに目を落としたまま歩いてくる。ディレクターが、彼に向けてまた大声を出した。すみません、と返す声が聞こえた。先輩はもう影になって闇に飛び込んで行った。富山の居たあたりに向かったのだろう。ステージの上で、椅子に座り照明に当っていた人たちが、同時に姿勢を直すのが見えた。本番が近づいていた。初受注の入金があったことを、先生に一番に聞いてもらおうとうつヰは思った。撤収が済むまでは無理だろうか。本番中、問題なく配信されているようだったらそっとメッセンジャーくらいは打てるだろうか。自分のマックブックでモニターを開いてしまっているから、それを使って送るわけにはいかない。ディレクターが席を離れることはあるだろうか。首筋に熱を感じた。この感じだ。

片付けが終わって、打ち上げの居酒屋へ向かう間に、先生に報告をした。キャッシュフロー！と書いて送った。すぐに返信があって、どんどん受注できるといいね、と書いてあった。声が聞こえてくるようだった。いつもの口調の先生。だいたい小声で、でもよく通る声。どんどん受注したいです。あっちの相談に乗りながらこっちの納品を済ませて、その間に新しい技術を身につけて請けられる案件の幅を広げて。留まらず、縫うように少しずつ色々、絶え間なく請求書を出していたいです。

少し前にクラウドソーシングのサービスに登録して、画像加工の仕事の受注に成功しそうになったことがある。黒い影の中に光の束と泡のようなものが混じっている写真で、色調やトリミングの指示があった。その時に既に身につけていたフォトショップのスキルでじゅうぶん対応できそうだったので、初めての仕事だと意気込んで応募したのだったが、確定の直前で連絡が途絶えた。案件のレコード自体が消えていた。

　富山は打ち上げには来なかった。先輩はディレクターに頭を下げて、何度も謝りながら途中で帰った。うつヰは、誰と話すこともなかったし杯を勧められることもなかったが、つぎつぎ飲んだ。これは祝いだ、と頭の中で繰り返した。

　電車に乗るなりシートの上に寝転んだ。靴までは脱がなかった。バックパックをお腹に抱えた。大和のことを思い出すと、ウェアラブルカメラを取り出して、昼間に撮った映像を見た。あの時のうつヰの視界にごく近い画角だった。手前にうつヰの自転車のカゴの縁、正面に大和の背中。右手を走る電車。大和が立ち漕ぎになった。カメラが少し彼女から離れた。同じ視界の中でうつヰは大和の尻に視線を注いだ。頬が緩むのを感じながら眠りに落ちた。

　自宅の最寄り駅をとっくに通り過ぎていることに気づき、焦って身を起こした。目を覚ますのはいつも、出発のためにドアが閉まる音だ。空気が抜ける音、扉が滑ってぶつかる音、足元でタイヤが動き出す音。またやってしまった。その上、今夜はいつもの路線ではなくて、自転車を置いてきたあの駅に帰らなければいけなかったのだと思い出した。なんという駅だっけ。うつヰは撮っておいた写真を開こうとした。次は終点、というアナウンスが聞こえた。変な声だ、もっと聞きたい。

メンブレン・プロンプタ

一、二〇二一年一月

ドアの上の幅の狭い木枠に掛けたハンガーで、裾の長い二着のコートが袖を重ねて吊り下げられている。それを暖簾のようにかき分けながら鳥居が入ってこようとする。大きな紙袋を抱えている。金属製のハンガーはフックの先端が細く、コートの重みで上枠に刺さるように掛かっているが、彼女が通って揺れたら簡単に外れて落ちてしまうだろうとうつヰは焦る。作業の合間にとりあえず掛けておいただけのはずが、タグの情報が読み取れない古着のコートにてこずって、片付けるのを忘れてしまっていた。気をつけて、と声をかける間もなく、鳥居は下生えを静かに抜ける小動物のように部屋へ進入を果たし、「やあ」とうつヰに微笑みかける。鳥居の後ろで、コートが揺れる。隙間から廊下の壁が見えたが、すぐに照明が落ちて暗くなった。スイッチはこの部屋のドアのそばと、玄関にある。玄関側の方を家主が切ったのだろう。手探りでも押しやすい、プラスチックのパネル状のスイッチをうつヰは思い浮かべる。鳥居が「ありがとうございましたー、お邪魔します」と廊下の方へ声を放った。家主が返事をしたかどうかは、部屋の中央にいるうつヰには分からなかったが、すぐに階段を上がって二階へ戻る足音が聞こえてきた。

「あの人がそうなのね」

鳥居は荷物を下ろしながら言う。紙袋をチェストに立てかけた。ダウンコートは脱がずに座った。安定するように紙袋の位置を調整して、「ちょっと思ってた感じと違ったな」

うつヰは、そうでしたか、と答えた。それから、あけましておめでとうございます、と続けた。年が明けてから鳥居と直に会うのはこれが最初だ。

「どうも、どうも。あけまして。あ、もうつながってるのね」

うつヰが床に置いているマシンから伸びているケーブルは、部屋の隅まで伸びていて、小さなカメラにつながっている。鳥居はマシンのディスプレイを覗いてから、次にカメラのレンズに向き直って、手を振った。

「ふじみたん、私だよ。見えてるかな」

画面には、黒い背景の上に二つの枠が浮き上がっている。片方はうつヰが設置したカメラからの風景で、鳥居が入ってきたドアから奥の窓の手前までを映している。手前にマシンの背面があって、林檎のマークが淡く光っている。背景は全て洋服だ。壁いっぱいに設えられたバーにぎっしりとハンガーが掛かっている。上段はブラウスやジャケットで、下段には主にスカートが掛けられている。二つに折って吊り下げたジーンズもある。十枚ほども連なっていて、色合いや形が全て違うようだ。

マシンと洋服の間には、枠の両端に分かれてうつヰと鳥居が座っている。うつヰは正座して、裏返したコートを調べている。もう一つの枠には、正方形の画像が表示されている。石が並んでいる庭と、その向こうに海が描かれている。緻密に描き込まれているようだがアイコンが小さくて詳細は分からない。見たことのある絵だったが、バージョンがいくつもあるはずで、それがいつのものなのかまでは分からない。鳥居もきっと、見たことがあるだろうとうつヰは思う。富士見の自宅で、彼女のデスクの高精細のモニターに映し出されていた、いつかの、どれかの絵だったように思う。

　鳥居からの呼びかけに、反応は無かった。鳥居が来るより少し前まで、うつヰは富士見と画面越しに話していたのだが、彼女はトイレに行くと伝えてカメラと音を切った。「じゃあ、見せるのは後だ」と鳥居は言う。

「まずうつヰちゃんの作業を手伝おう」

　そのつもりで鳥居を待っていたうつヰは部屋の隅を指差した。じゃあ、あれを。シングルの革ジャンと、三つに折りたたんだベージュのトレンチコート、毛糸の茶色のセーターが並べられ、それぞれの上に付箋が置かれていた。ビニール袋か、入らなければ段ボールを組んで、そこに詰めてほしいとうつヰは頼む。付箋は内容と購入者のアカウント名をメモしてあるから、組み合わせを間違えないように、梱包した物に貼っておくように指示する。「分かった」と膝立ちで向かう鳥居は、「これで粗利いくらくらい」と訊ねる。だいたい三千円くらいです。三千円の前半。

「結構いくね」

　鳥居が感嘆する。セーターから手に取る。はい、とうつヰは頷く。儲かったので、今日はハンバーグにしちゃおうかと。

「ガスト？」

ガストですね。

「駅前のあそこね。重ねちゃえ」

重ねますよ。セーターは分厚く、うつヰが用意しておいた梱包用の紙袋には入らない。段ボールが必要だ。鳥居が振り返ったので、壁際に寄せてある姿見の方を指し示した。その裏に発送に使う段ボールが積んである。

「二枚？」

三枚が夢ですね。あ。その人には、きれいなのを使ってください。そっちの、メルカリのオフィシャルのやつでもいいです。

初めての取引にはできるだけ美しい梱包を心がけている。リピーターになったら、スピード優先でできるだけ早く送る手配をする。いちど手に取った物を戻しながら鳥居は「今日叶えちゃいなよ」と言い、メルカリのロゴが印刷されている新品の段ボールを引き抜いた。

それは、大変なことです。

「ガストって牛百パーセントなんだっけ」

そうでしょうねえ。

「やるね」

私は合い挽きが好きですけどね。

鳥居は「あいびきね」と呟き、段ボールを組む。何か言おうとするが、やめてしまう。うつヰはかまわず鳥居の方へガムテープを転がす。布テープだから、手でまっすぐ切れるだろう、と鳥居は思う。紙テープだったらハサミを借りないといけないだろう。

「うつヰちゃん」

なんですか。

「後で一緒に発送しに行こうね」

鳥居が待ち遠しそうに声を弾ませたので、うつヰはそちらに目を遣るが、壁の方を向いて作業しており彼女の顔は見えない。ガムテープを切る手元が見えた。銀色の指輪をしているのが見えた。シルバーの、大きな物で、鳥居の手に嵌っているとずいぶん目立つように感じられる。はい、ファミマまで、手伝ってくださいね。

「あとさ」

はい。

「前に言ったっけ。どうだっけ、たぶん。思ったんだけどさ」

段ボールへの梱包を終えて、鳥居は革ジャンに取り掛かっている。うつヰはそれを出品する時、商品ページに革ジャンと書くかライダースと書くかで迷った。革ジャン、とフリック入力をしながら鳥居に返事をする。なんですか？

「今日は十三日でしょう」

ガムテープを引きちぎる音が部屋に響く。

「3はお尻の形だから。1、1、3、でいい尻の日。ということでどうかと思ったんだ」

お尻の形、丸文字で書いたwを頭の中に描いた。学生時代に、友人が自転車で走るのを、後ろからウェアラブルカメラで撮影しながら追いかけたことがあるのを思い出した。あの時の、友人のお尻の形。サドルに乗った、もっちりした頼もしい部分。いい考えですね。

「いい考えでしょう」

後で富士見さんにも教えてあげましょうね。うつヰがそう言うのを聞いて、鳥居はふふふと笑う。マシンの画面の中では、鳥居の背中が端に映っている。肩甲骨の周りに広がった髪に、ピンスポットを当てたように丸い光が当たっている。窓のある壁も全体を覆うように掛けられた洋服の隙間から、昼の日の光が一点を縫うように差し込んでいる。富士見はまだ、ビデオオフのままだ。まだ戻ってきていないのかもしれないし、こちらの様子を見聞きしているかもしれない。

「ふじみたん、聞いてる？」と、鳥居がカメラの方へ向かって声を上げた。マイクの入力はマシンの方にしているから、それは結局、よく聞こえないかもしれない。うつヰはそのことは説明しない。どうでしょう、まだビデオオフで、ミュートです。

「そっか」

戻ってきたら、言いますね。「うん。あとさ」と鳥居は続ける。

「会社の準備は進んでるの？」

はい、なんとか少しずつ。社名がださいのは嫌だって言われました。

「かわいいのにしたら？」

かわいいというと。

「マルダイズとかオイガツオとか、ユズポンズとか。そういう」

独特ですね、とうつヰは返す。知人が飼っている猫の名前が脳裏をよぎった。それから、候補にしている社名が浮かんだ。ホイール・ゼロ。まだ富士見にも言っていない。ホイールがゼロの形みたいだし、ホイールが無いみたいになったらいいし。パワーポイントでスライドを作って富士見にプレゼンするかどうか。企画書のプロみたいな富士見を相手にそれをするのは怖いことのようにも感じるが、これからはそうも言っていられないか。今まで仕事で作ったスライドと言えば、ステージの上の演者に見せて台詞を教えたり、ディレクターの指示を伝えたりするためのカンペくらいだった。フリーランスになる前に勤めていた会社の上司が作るのを、もっと真面目に見ておけばよかった。時には任せてもらうくらいのことをしておくべきだった、と今更になって思う。

鳥居がうつヰの隣に寄ってくる。背後には梱包を終えた商品が並んでいる。間違った物を送ってしまったら面倒なことになるので、後で一応、資材の上から触った感触や重みで、付箋に書いてある品名と違いがないか確認しなければとうつヰは思う。鳥居は画面を覗き、富士見が映っていないことを確認した。それからトラックパッドに触って、こちら側の音声をミュートした。これで、二人の話し声は富士見に聞こえない。

「あれから一年くらい経ったときにさ。新聞の人がふじみたんに電話してきたの、覚えてる?」

去年の四月のことだ。その場に居たのはうつヰだった。

「その時にまずふじみたんに電話をかけてきたのが、蟹沢」

カニサワ。「あの、元カレの」と鳥居が言う。ああ、猫の。「そう、猫を連れて行っちゃった人」電話で一度、去年の四月くらいに少しだけ受け答えした。それからしばらく経って、年末くらいに富士見と鳥居とで訪問した。鳥居が強引に主導して、押しかけた、という感じだったが。その時のことを思い出して、うつヰは少し申し訳ない気持ちになるが、同時に笑いもこみ上げてきた。

「柳田さんが、ふじみたんの後ろから、なんか黙って見守ってたでしょう。あれ怖かったな」

あの感じは、怖い感じなんですね。「そう。私にとってはね。ボス、っていう感じで」と鳥居は言い、それから、チェストに立てかけておいた荷物を体に引き寄せた。「ふじみたんにとっては、どうだったかな。きいてみようかな」

鳥居は手を動かしながら続ける。トイレだとしたらまだ結構かかりそうだね、と言うので、うつヰはうなずいた。

「そういえばこれも、あの日にふじみたんが描いた絵だね」

鳥居はそう言って中身を出そうとするのだが、ナイロンの持ち手を束ねているテープをうまく剥がせない。苛立つ気配を察し、うつヰは道具入れからハサミを出して渡す。鳥居は「ありがとう」と言ってすぐにハサミを戻すと、薄紙に包まれた物を引っ張り出した。鳥居の姿勢から察するに、かなり重そうだ。紙袋に入っていた時よりもそれは大きく見えた。薄紙を外して、額装を施した絵画が現れる。鳥居はそれをチェストの上に置く。

アンティークのウォールナット材に傷が付いたりしないだろうか。うつヰは家主の顔を思い出しながら気になったものの、金属のような質感の銀の額に囲まれた絵画全体の迫力に押されて、おお、と声を漏らす。鳥居も「おお」と感嘆してみせる。これ、何号っていうのでしたっけ。「いくつだっけ、えーと」と鳥居が思い出そうとしていると、マシンから声が聞こえた。富士見の声だ。

「うつ井さん、戻ってきたよ」

うつ井はマシンの前に身を屈め、ミュートを解く。アイコンは消え、富士見のふくよかな顔が映っている。「ふじみたーん」と絵を抱えて鳥居が呼ぶ。

「あ、来てるのね。鳥居が」

「来たよー。これ見えるかな。受け取ってきたよ。後でお部屋に持っていくよ」

鳥居はカメラの前に絵を向ける。「見えてるかな?」と言いながら数歩下がる。うつ井はマシンを蹴られないように、機体を抱えて距離を取ろうとする。カメラをつなぐケーブルがぴんと張り、それ以上は離れられない。「おお」と富士見が言う。顔が大写しになっている。

「そうなると、本当に画家の人が描いたみたいに見えるね」

「ふじみたんが画家になったってことで、だから本当に画家の人が描いたということなんじゃない」

「私は呪文を唱えただけよ」

人工知能に指示を与えるための文章であるプロンプトは、テクノロジーが好きな人たちのスラングで呪文と呼ばれている。それを高度に操って、緻密な絵を機械に描かせる人はプロンプト・エンジニアや、ウィザードなどと呼ばれる。公開前の生成モデルをテストし、開発者たちにフィードバックを行うグループに富士見は招待された。呪文を唱えただけ、と富士見は言うが、一年ほどもかけて短い英語の文章からあれこれと試していく様子をうつヰと鳥居は見てきた。プロンプトが長大になるにつれ、生成されてくる画の各要素の密度が、細部から人間が塗り重ねていった結果にしか見えない、一枚ずつの作品になっていった。プロンプトを入力してから、どこかで計算されて出力されて、それが手元のクライアントマシンの画面上に表示されるまでの待機時間も、どんどん長くなっているようだった。年末に送られてきた画像データを見て、「これが好きになった」と言い出した鳥居が、うつヰと二人でプリントして額に入れたのを富士見にプレゼントしよう、と言い出したのだった。

「あれ」

鳥居が額縁を抱いたまま、頭を回す。「ちょっと、あれ」と言いながら絵をうつヰに寄越した。

重い。

「リングが無い」

鳥居は床に顔をつけて、チェストやハンガーラックの下を窺う。さっき見かけたシルバーのリングがいつの間にか外れてしまったようだ。「えええ、どうしよう」と言いながら、下段に掛かっているスカートの裾が長くて床面が見えないあたりを探る。貰った物だろうか。恋人の話はしたことがない。私も探します、と言ってうつヰは立ち上がる。富士見が「どうしたの」とチャットで質問しているのに気づいて、いちど正座の姿勢に戻って事情を説明し、それからまた立ち上がる。額を傷つけないように、できれば指紋も付けないようにと気をつけながら紙袋に戻す。紫外線カットのアクリルが嵌っていて、表面の光が反射している。そのせいで絵がよく見えない。それでも紙が傷まないよう守るのだという鳥居と、プリントアウトした紙なのだからそこまで保護して見えにくくしなくてもいいのではと考えるうつ井で意見が分かれたことを思い出す。久しぶりにたくさんおしゃべりして楽しかった、と日記に書いたことも思い出す。

「ねえごめん、うつ井ちゃん。言いにくいんだけど」

既に梱包した服のどこかに紛れてしまっているのかもしれない。袋に詰める時に指からリングが外れて、そのまま中に入ってしまっているのかもしれない。開いて探して、またやり直すのは億劫だ。テープを剝がした資材も、もう一度使うことはできないだろう。原価率が上がって粗利が下がる。ガストのハンバーグ、三枚重ねは諦める必要がありそう。「あのさあ」とマシンから声がした。

「アイフォンのアプリで、ペアリングしてるか見てみたら?」

鳥居が唸る。うつ井は何のことか分からず、戸惑う。鳥居はポケットからアイフォンを引っ張り出して操作する。もしかしてあの指輪、デバイスなんですか。「そうそう。ブルートゥースでつながってるの」

そうかそうか、と言ってうつ井もアイフォンを取り出す。「ペアリングされてる。この部屋にあるのは間違いなさそう」と鳥居が言う。うつ井は設定画面でブルートゥースの項目を開く。接続可能なデバイスのリストが表示された。うつ井のマシン。バックパックの中にあるワイヤレスイヤホン。ボーズと表示されているのは、家主のポータブルスピーカーだと思う。たしかリビングとキッチンの境目のカウンターみたいなところに置いてあった。ＲＩＮＧという単語が入っているプロダクトの名前。これだ。ありますね、この辺に。「でもこれだと、どこにいてもつながるなあ。やっぱりハコ開けて探さないとだめかな」と鳥居が部屋をうろうろしながら言う。横方向では、家の外まで出てもブルートゥースは検知するだろう。

あの、とうつヰは呼びかける。垂直方向で探したらどうかなと。「うつヰさん、それいいね」と富士見が賛成した。うつヰは嬉しくなった。こうして機械を介して聞く声も懐かしく感じる。「どゆこと」と鳥居が首を傾げる。袋をそれぞれ離れた場所に置いて、二階からペアリングを試すんです。少し考えてから、鳥居は「なるほど」と呟いた。「うつヰさん、ブルートゥースの信号の強弱がざっくり分かるアプリ見つけたよ。有料だけど」「ふじみたん、さすがのリサーチ。リンク送って」

家主に話しかける理由ができた、二階に上げてもらう理由ができた。と内心でうつヰは思う。どきどきする。まずラインで相談しようか、メッセージを送るかいきなり通話ボタンを押してみるか、それとも階段の踊り場あたりまで上がって声をかけてみるか。うつヰが思いを巡らせている内に鳥居が部屋を出ていき、廊下を足音を立てて進みながら「すみませーん」と声を張る。私が行きたかったのに。アプリに課金したらハンバーグは二枚重ねにするのも難しくなるだろう。ファミマで無事に商品を発送できたら、その足で鳥居と一緒にガストに行って、ワイファイをつないでズームでつなぎ直して、それでまた三人でおしゃべりをしよう。

二、二〇二〇年四月

壊れていてもかまいません。女の声。高い声だった。壊れていても、かまいません、と一節ずつ区切って、辺りの時間を引き伸ばすように、ゆっくり読み上げている。録音された音声だろう。スピーカーのせいなのか、外の空気に拡散していくせいなのか、音の端々がひずんで聞こえた。うつヰは窓ガラスに額を近づけて、道路を見下ろした。白いトラックが視界の左から現れた。屋根にスピーカーが取り付けられていた。

　大きなものや、重たいものなど。どんなものでも、回収いたします。

　アナウンスと連動しているような速度でトラックも進んでいた。うつヰが窓越しに覗いている正面へトラックが近づいてくるにつれ、女の声のひび割れが大きくなっていった。荷台が見えた。鉄の長い板が二つ並べて置かれていた。ベージュ色で、汚れていた。何かの店の奥の、暗い通路の先にある事務所の棚をうつヰは想像した。仕事で出入りしたことがあるホームセンターの事務所の端には大きなスチールラックが三基並べて置いてあり、書類から備品、鉢植えの観葉植物まで全ての物が並べられていた。その棚板を外して陽の光の下に持ち出したら、きっとあんな感じになっただろう。

　トラックの後ろに原付バイクが来た。トラックがエンジンを吹かす音が聞こえた。速度を少し上げたように見えた。アナウンスの速度は変わらない。シーディーラジカセ、ソファー、など、つかわないものを、お渡しください。壊れていても、かまいません。

　うつヰは一歩、窓に近づいた。去っていくのを見送ろうとした。誰かが声をかけてトラックを止めるのを見たかった。壊れたものを渡すところを見たかった。右肩がカーテンに触れた。滑らかな素材で、指でつまむと肌の荒れたところが布を掻いて音を立てた。ベランダの柵の下の溝に桜の花びらが溜まっていた。

後でベランダを掃除しておきましょうか、と富士見に提案すべきかどうか考えていると、部屋の中に電子音が流れ始めた。自分の電話だろうかと反射的にポケットに手を当てた。黒い細身のスキニージーンズで、大きめの端末が内側から布を押し広げている。ここからではない。振り返って部屋を眺めた。

背後で廃品回収車のアナウンスがまだ聞こえていた。どんなものでも、回収いたします。着信音はどこからか鳴っている。窓辺から見た十二畳のリビングは、入ってきた時よりも広く感じた。うつヰの背丈と同じくらいある木製の大きなスピーカーが二塔立っている。本棚は天井までぴったり張られている。スピーカーの高さよりも低い位置、うつヰの胸の高さくらいまで本が詰められている。それよりも高い場所にある本は全てうつヰが処分した。部屋の外に用意しておいた段ボールのところまで少しずつ、それでもできるだけ多く抱えて運んで詰めて、業者を呼んだ。古本屋のスタッフが来るまで外で待った日のことをうつヰは思い出した。終わってから部屋に戻って、富士見に「終わりました」と告げると、彼女はうつむいて、ただ、はい、とだけ返事した。

本棚の反対側は引き戸になっていて、富士見の寝室があった。戸は半分ほど開いていて、その先は暗い。同じ側の隣にはキッチンがあって、富士見はいまそこにいるはずだった。着信音の切れ目に、「誰からか見て」という声が聞こえた。もしかしたらもう何度かそう言ったのかもしれなかった。遠ざかっていく廃品回収車のアナウンスがきれぎれの調子で重なった。「——でも、かまいません」

はい、とうつヰは返事する。着信音は富士見の作業デスクの方から聞こえる。本棚の端から部屋の奥まで設置された長い机。機材がたくさん置かれている。部屋は明るいが、三面鏡のように並べて置かれたディスプレイや、ガラス張りで中の機構が見えるマシンに灯る光はよく見えた。親指だけで操作できるトラックボールマウスの隣にアイフォンが置かれているのをうつヰは発見し、そちらへ向かっていった。画面を伏せて置かれていたようで、遠目には目立たなかった。クリアケースと、作業机に敷かれた黒いマットに埋もれていた。歩きながらキッチンに続くドアを見たが、富士見が出てくる気配は無かった。

　アイフォンをひっくり返した。誤ってスライドバーをなぞって電話に出てしまわないように、両側面から万力で摑むように持ち上げて見た。「蟹さん」と表示されていたので、キッチンの方へ向かって声を出してそれを伝えた。カニさんです。富士見は返事をしなかった。持っていきましょうか、とうつヰが尋ねると、「そっちに行くから大丈夫」と言いながらキッチンから出てきた。

　富士見に言われるまま、通話状態にして、キーボードの隣に置かれていた金属のクレイドルにアイフォンを掛けた。デスクから離れると、そこに富士見が入ってきた。車椅子のアームレストが机の下に収まる。クレイドルの上のアイフォンに富士見は顔を寄せた。体の重心を左に傾けて、肩ごと持ち上げるように指先をガラス面へ持っていった。表示されているスライダーを人差し指で弾くように触れた。距離が足りず、通話状態にはならなかった。もう一度、指を押し付けるようにして端までなぞった。うつヰには、手先が震えているように見えた。それから富士見は、「マリコですけど」と端末に向かって言った。うつヰは窓の方へ後ずさりする。寝室側の引き戸の近くに置いてあった自分の荷物を拾い上げた。始祖鳥の化石のロゴが入っている黒いバックパックで、うつヰがあちこち回って仕事をするのに必要な一式が詰められている。ショルダーストラップを摑んで持ち上げ後退していくと、背中に暖かい日差しが当たったのを感じた。黒いパーカーの素材が熱を吸い込んでいくのがうつヰには分かった。フードに覆われているうなじから下が温められていく。その場所で腰を下ろしてあぐらをかいた。

「俺だけど、あのさ。マリちゃんさ」

うつヰにも相手の声が聞こえてきた。

「ちょっと今から、人と代わるから」

無遠慮な物言いに音圧が増強されて、富士見が怯んだように見えた。富士見の方へ行って、スピーカーの音量を下げてあげるべきだろうか、と迷っている間に、別の声が話し始めた。富士見は「え」と声を漏らしたが相手は取り合わなかった。

「――新聞の者です。蟹沢さんからおつなぎいただきました。あの事故から一年経ったわけですが、今のお気持ちはいかがですか」

富士見は黙っていた。左の手首を、車椅子のホイールの上に擦りつけていた。うつヰは顔を傾けて、富士見の表情が見えるようにした。彼女の目が泳いで、アイフォンや、マシンのデスクトップ画面や、膝の上へ目を遣っていた。うつヰの位置からは見えなかったが、膝掛けをしていたはずだと思った。鳥居が選んでプレゼントした膝掛け。趣味じゃないな、と富士見は笑い、台所での汚れよけにさせてもらうよ、と言っていた。

「今のお気持ちということですけども。加害者は先日の公判に向けたコメントで、過失ではなく車体の故障だと主張されていますが、報道はご覧になりましたか。それで、今のお気持ちということなんですけども」

うつヰはバックパックからマシンを取り出して、開いた。パワーポイントを立ち上げて、テキストを打ち込み、全画面にした。床に寝転んで体を伸ばすと、富士見がうつヰの動きに気づいて顔を向けた。うつヰが開いて見せた画面を見た。富士見は、うつヰと目を合わせて、首を振った。富士見が眠い時に見せる表情に似ていた。「特に、ありません」と富士見は呟いた。少し間があって、スピーカーからの声は「亡くなられた方のご家族のコメントはご覧になりましたか」と別の質問を始めた。その時、インターフォンの音がした。玄関に続くドアの近くの壁に埋め込まれているモニターが光って、人影が動いているのが見えた。富士見は「すみませんけど」とだけ言ってまた体を傾けて右手を持ち上げ、赤いボタン表示に触れて通話を切った。

「うつヰさん、出てもらっていいかな。たぶん鳥居だから」

はい、とうつヰは返事して、マシンを床に置いて立ち上がった。それから、周囲を確認しないで動き始めるところがある鳥居に踏まれたら困ると思い直して、棚の空いている段に置いた。一番下の段は富士見が届かないので使っていない。置かせてもらいますね、と呟いた。返事は聞こえなかった。

インターフォンのモニターを覗いた。やはり鳥居だった。うつヰがエントランスの自動ドアのロックを解除すると、鳥居はあっという間にやってきて、玄関のドアを叩いた。自動ドアが開ききる前に体を滑り込ませて、駆けて階段を上がって彼女がやってきたのをうつヰは想像した。廊下を抜けてドアを開け、鳥居を迎えた。息が上がっていた。マスクで顔が半分以上隠れていても、大きく見開いた瞳と太くて濃い眉毛の動きで、笑っているのが伝わってきた。どうもどうも、と言いながら鳥居はうつヰを置いて廊下を進んでいき、富士見のいるリビングへ入っていった。「マスク外したら」と富士見が彼女に言うのが聞こえた。「ふじみたんにうつしたら大変だから、このままでいい」と鳥居は言った。大きく、はっきりした声だった。よく通る。廊下に残っているうつヰからは、富士見に横顔を向けている鳥居が見えた。窓からの逆光で表情は判らない。富士見はデスクの前にまだ居るのだろう。声の響きからいって、鳥居の方を振り返らないまま応じているのかもしれない。ビニール袋をいくつも手に提げていて、ガサガサと音がした。「買ってきたよー」とまた勢いよく言って、富士見に掲げて見せている。それから腰を落として手を伸ばした。鳥居の後退とともに、富士見の車椅子の車輪が見えた。背面のグリップを摑んで、胸の前へ引き寄せ、部屋の奥へ押し出していく。


「ご送付した通知書に」

「ご、ご送付した、通知書に」

「記載されている窓口へ」

　周りで何かわんわんと響く放送があって、集中しないとよく聞こえない。じれったい。

「記載されている——窓口へ」

「お電話いただけますようお願いします」

お電話いただけますようお願いします。と、鳥居は次の声が聞こえる前に思わず呟いた。重なって向こうでもやはりそのように言った。

「お電話いた、いただけますように」

後から出てきたベテランか指導役と思われる男の声を電話のマイクが拾ってしまっているから、最初から対応している男がそれを一言ずつなぞっているのがよく分かる。混乱しているのか、背後もしくは脇に居て耳打ちしているのであろう男の圧力に怯えているのか、いっそう舌足らずで不安そうな声になっている。そんなにもイレギュラーな問い合わせをしてしまったのだろうか、と鳥居は申し訳ないような気持ちになった。マニュアルを読み上げるのでもない、聞こえた言葉を繰り返すそのくだりで、つい呟いてしまったが、失礼だったかもしれないし、さらに焦らせたかもしれない。その点も申し訳なかった。馬鹿にしていると思わせたかもしれない。はい、はい、分かりましたどうも、と愛想良く返事して鳥居は電話を切り上げた。この度は、誠に、と続けていたようだが、切ってしまった。


角を曲がって去っていく車の最後部が見えた。何か放送していたのはあれだ。まだわんわんと言っているがよく分からない。坂の方を見つめていて初めて気がついたのだが、ここは下り坂になっている。どうなんだろう、彼女にとって良くないことのような気がする。

富士見の部屋があるあたりを見上げた。多分そこだろうと思った窓辺に人間が立っているのが見えた。だからきっとあの子だろう、と鳥居は思った。今日も全身、黒い服なのだろう。厚い生地のパーカーはフードが膨らんでいて、それがあの子のショートカットの後頭部の丸い感じと似合っていて、いつも可愛いと思っている。触ろうとして嫌がられたのを思い出した。あれはいつだったろう。相変わらず顔を合わせることは多いけれど、ほとんど口をきかなくなってしまった。富士見を挟んで、富士見を介して話している。富士見の頭の上で、彼女から見えていないところで、目配せし合うことはある。

　エントランスでインターフォンを鳴らした。はい、と応答したのは富士見ではなかった。もっと低い声。うつヰに違いない。自動ドアが開いたらすぐに走って、階段を一段飛ばしで上がって富士見の部屋へ向かった。二人がびっくりするような時間で玄関へたどり着いてやるんだ。

　ドアを開けてくれたのはやはりうつヰだった。やあ、と鳥居は彼女の目を見ずに言い、右足の靴のつま先で左足の靴の踵と土踏まずの間にあるソールの硬い部分を押さえた。そうして左足をたたきに乗せると、右足の踵を尻の方へ跳ね上げて、手で弾くように脱いだ。背後で靴がぼとんと玄関に落ちた音を聞いて鳥居は得意に感じた。うつヰがそのあたりに目を落としているのを、廊下ですれ違いざまに感じた。リビングに入ってすぐ、手前の右側にすぐ富士見の背中を見つけた。ふじみたん、と鳥居は声をかけた。それから車椅子のサポートハンドルを握って後退し、リビングを切り返して正面を向かせた。床が冷たい。もっと奥へ行けば暖かいかもしれない。四月も半ばだしこの人はもう床暖房は付けないだろうか。どうせ足は付かないけどエアコンの風が来るのよりはまし、と寒い日に富士見が言っていたのを思い出した。

「マスク外したら」と富士見が言う。ふじみたんにうつしたら大変だから、このままでいい。そう伝えると、それはお互い様でしょう、と返事があった。ひざまずいて、富士見の膝頭に手を乗せた。背後で廊下からリビングに入ってこようとするうつヰの気配を感じた。お互い様ではない。免疫がどうとか、基礎疾患がどうとか、言っていたではないか。ワクチンが開発されるまでは気をつけなければならないのだと。横目でうつヰを見ようとしたが、黙って通り過ぎていった。床に置かれた半開きのマシンが目に入った。削り出しのアルミニウムが窓から入ってくる日差しで白く光って見えた。その下に、マシンの台座のように敷かれている黒い塊が目に入った。うつヰのバックパックだ。あの鳥の化石のマークを見ると、いつも少し不安な気持ちになる。うつヰがあれを背負うと、真っ黒な服装がさらに拡張されて強そうだ。

それで思い出して、鳥居は自分の荷物を下ろした。キャンバス生地のバックパック。何も入っていない時は丸めてウエストポーチに入れてしまう。麻袋みたいね、と富士見に言われたことがある。野山をゆく旅人みたいな感じ。それから、ウエストポーチがださいともよく言われる。「そんな細い腰にナイロンの袋を巻き付けて」「麻袋なんて詰めて」「お前はみにくいアヒルの子だよ」などと言って鳥居の腰を叩くのだった。体を傾けてわざわざ手を伸ばして。鳥居は富士見のお尻にも触りたかった。丸くてふかふかしていた、あのお尻。今は日中は座りっぱなしで私には触れない。車椅子の隙間に手を差し込んでみたくなった。

これ買ってきたよ、とビニール袋を取り出した。頼まれていた買い物だった。駅を出たところにある成城石井で買ったバターとオイル、それからこの部屋へ来る途中にいちど国道沿いに出て買ったコーヒー豆の挽いてあるもの。バターはグラスフェッドで無塩のもの、オイルはMCTオイルで、カプリル酸だけを使ったもの。よく分からないというか、見ても分からなかったので店員にそのまま尋ねて出してもらった。店員さんに教えてもらって買ったよ、と富士見に報告した。コーヒーはロースタリーといって、店内で焙煎しているところ。これはブレンドの名前と量を、ラインで指示されたテキストのまま読み上げて買ってきた。

「ありがとう、いくらだったかな」

　鳥居は財布の札入れからレシートを取り出した。富士見が手首でハンドルを押し込んでぐるんと机に向き直り、クレイドルに置いたアイフォンの画面を叩いた。出てきたレシートを上から順に読んで伝えた。メモ用のアプリを立ち上げて、鳥居が報告した品名と値段を入力した。インターフェイスに緑が見えたので、きっとエバーノートだろうと鳥居は思った。あとでアマゾンとかと比較して、お店とどっちが安いか調べる、と富士見は言った。

「ペイペイでいいかな」と富士見が訊ねた。あい、と鳥居は返事した。富士見がペイペイを立ち上げるのが見えた。「送る」の画面で金額を入力しながら、「うつヰさん」と富士見が呼びかけた。

「バターを冷蔵庫に入れておいてもらえたら嬉しい」

　はい、と言ってうつヰはすぐに動いた。それから、袋を持ち上げて、「切っておかなくていいですか」と質問した。

「後で自分でやります」

　ふじみたん、私がやるよ。

「鳥居は出禁だから、だめ」

「オイルとコーヒーはどうしますか」

「低い方の棚に入れておいてください」

キッチンへ入っていくうつヰの背中を見た。私がやるのに、と呟いて立ち上がり、ソファの方へ向かう。半開きのマシンの画面に文字が大映しになっているのに気づいた。ソファに寝転ぶふりをして覗くと、「私が代わりましょうか?・」と書いてあるのが分かった。何のことか、後で富士見に訊いてみようと思いながらクッションを枕にして天井を見た。うつヰが冷蔵庫を閉じた音が聞こえた。その後、蛇口から水が落ちる音が聞こえ始めた。食器と食器が触れ合う音がした。富士見の方を見た。アイフォンの画面を触っていた。手首を机の縁にひっかけるようにして支え、指を上に傾けて画面に触れていた。握力がほとんど無いから、ああして操作する。私が行って、体の近くで持っていてあげようかと鳥居は思った。うまい具合に傾けて富士見が触りやすくする。キッチンから、がちゃんと大きな音がした。うつヰが手を滑らせたのかもしれない。食器を壊したかもしれない。


様子を見守ったが、富士見はキッチンの物音に反応しない。振り返りも声をかけもしない。私の時には、「こらっ」と言って車椅子をぐんぐん漕いで入ってきたのに。何があったか確認する前に私を叱った。私はコーヒーカップを割った。王冠みたいな形の青いマークが入っている白い、縁が波打っているカップ。オイルとバターが底の方に残っていて、しっかり洗おうと思って洗剤を含ませたスポンジを当てたときに、下を支えていた方の指が滑ってシンクに落とした。五つか六つくらいの破片になった。なんと呼ぶのだろう、持つところは弾けて流しの中に滑り落ちた。王冠のマークのところは大きな破片になった。泡になっていない界面活性剤が付いて、脂肪分が薄く伸びていた。

キッチンを片付けたらしいうつヰは、その後すぐに帰った。マシンを閉じてバックパックに詰めている時に目が合った。仕事に行きます、とうつヰは床に目を落としたまま呟いた。富士見が玄関先まで送ろうとしたのを断った。富士見と二人になると鳥居は車椅子を押してソファの隣に止めた。富士見は、「なによ」と苦笑いした。机の上に置いたままのアイフォンを気にしたようだったので、取ってきて富士見の太ももの谷の上に置いた。ふじみたん、指で打つのが大変だったら、口で言ったらいいんだよ、と鳥居は言った。ソファに改めて寝そべって、端の膨らんでいるアームレストを枕にした。

「かえって面倒じゃないかな」

やってみたらいいんだよ。シリに呼びかけたらいつでもなんでもしてくれるよ。

「そうなのね」

私、検索でも日記でもなんでも口で言うよ。すごく楽だよ。シリは有能だよ。

「やってみるね」

ふじみたん。あの時、カップ割ってごめんね。

「いいんだよ、洗ってくれてありがとうね」

私はまだ出禁ですかにゃあ。

「そうだね。キッチンは入らないで」

鳥居はソファから降りて、富士見のアイフォンを自分が居たところによけて置いた。それから、太ももの間にできた谷に沿って額を付け、こすりつけた。富士見の手が後頭部に置かれるのを感じた。分け目をなぞって、髪を縛っているゴムを触った。私の皮脂は油っぽいから、富士見の指先の乾燥にはよかろうと思った。それから、今日泊まっていってもいいですか、と上目遣いで訊ねた。

「なんで泣いてるのよ」

富士見は中指を折り、関節の角で鳥居の目尻を押した。

お泊りしてもいい？

「私は夜はいつだって一人になりたいんだから、帰ってほしいよ」

わたし、夜のお手伝いできるよ。覚えるから。富士見は、「要らんわ」と言って笑った。

部屋を出て、駅まで戻って電車を待つ間、富士見から画像が送られてきた。富士見とうつヰと鳥居の三人が入っているライングループだった。画像は正方形で、解像度が低いのか、ぼやけたような画質だった。全体に青く、猫らしきものが見える。

青い壁の部屋に、猫がいる。

三、二〇二〇年五月

うつヰが新しく仕事を始めた住宅地は、市の西の端にあった。富士見が住む部屋からは、私鉄で一駅離れたところにあった。駅前に大きな建物があり、地階にはスーパーマーケットと不動産屋、歯医者、クリーニング屋、調剤薬局、市が運営する就業支援施設が入っていた。クリーニング屋は駅舎側と、その反対の街道に面した側の二軒が入っていた。どちらも違う会社の店のようだった。歯医者のポートレート写真の撮影を受注して街道側に回った時に、初めて二軒目のクリーニング屋の存在に気づいたうつヰは驚いた。こんなに近い場所、近いどころか同じ建物の中に同業者を入居させて大丈夫なのだろうか。互いにどう棲み分けているのだろうか。それから、もしかして調剤薬局も二軒入っているのではないか、と思って建物を一周してみたり、フロアマップを初めてそのつもりで眺めてみたりした。

スーパーマーケットの入り口の向かいにはロータリーがあり、バスやタクシー、送迎の乗用車が出入りしている。ロータリーに囲まれて、浮島のように交番があった。

改札を出ると、交番から出て構内を抜けていく警官を見かけた。コンビニエンスストアに向かっているようだった。あちら側から、ビニール袋を提げて出てくる同じ警官をうつヰは見たことが合った。歩道橋を渡って住宅街へ入っていった。境に喫茶店があって、そこを抜けると民家が並んでいる。五分ほど歩いて、服の家、とうつヰが心の中で呼んでいる家のインターフォンを押した。同じ規格の家が並ぶ分譲地の、奥から三番目で、駐車場がいつも空の家だ。

家主が玄関の扉を開けてうつヰを招き入れた。棚にしまわずに置きっぱなしのスニーカーを踏んで、片足だけで立って体重を傾けていた。うつヰが滑り込むようにして入ると、たたきに戻り、挨拶だけ済ませてすぐに階段を上がっていった。うつヰは鍵を掛けて、座って靴を脱いだ。階段の上の、リビングのドアが閉じられた音が聞こえた。一人で暮らしている中年の男で、うつヰに仕事を任せた日から、ほとんど何も話さない。部屋からリモートで仕事をしているようで、平日の昼間に訪れるといつも同じシャツを着ていた。リビングの間取りがどうなっているのか、うつヰは見たことがないが、階下の部屋にこもって作業をしている時に頭上で聞こえてくる家主の足音やくぐもった声、椅子を引いて脚が床を擦る音などの感じから、二階は一部屋になっていて、その中央に置いたテーブルでマシンを使っているのだろうと予想していた。

　暗い廊下を抜けて突き当りの左側にある部屋に入った。服の家の服の部屋、とうつヰが心の中で呼んでいる部屋。五月の晴れた午前中でも暗く、陽が差し込んでいないのは、部屋中に掛けられた大量の洋服のためだ。隅に置いてある姿見の鏡面全体が黒い。向かい合う二面の壁には上下に金属のバーが取り付けられ、隙間なく洋服が提げられている。ハンガーは全て同じデザインの物だ。窓がある奥の面には、キャスターが付いたハンガーラックが二基置いてある。真鍮の太いパイプでできている大きな物で、窓をすっかり塞いでいる。そこにもコートや裾の長いワンピースの類が提げられている。一着取り出すのに、いちど両側の服をずらして隙間を作る必要があった。布の摩擦で、うつヰの力では引っ張り出すのに苦労することもある。部屋に入って左手は作り付けのクローゼットで、足元に衣類棚が入っていた。クローゼットの中は、他の三面よりは隙間がある。

　部屋に入ったうつヰは、手前の壁に掛けられた服の背中側に手を差し込んで、スイッチを押し、照明を点けた。姿見いっぱいに、反対側の壁に掛けられた服が映った。クローゼットから一着、ハンガーごと取り出した。選ばずに、隙間のあるところの端から取り上げて床に広げた。それからバックパックを下ろして、マシンを開き、作業を始めた。手に取ったのはウールのロングコートだった。うつ井の身長よりも裾丈があり、両手で掲げても床を擦る。紺色で、裏地に金の刺繍が入っている。まず、襟元や裾のタグを探して、ブランド名と素材表示を確認する。リストに転記する。クローゼットの扉を閉めて、フックに服を掛け、アイフォンで写真を撮る。正面と、背後、それから襟を開いて裏地が見えるように。画像検索にかけると、タグに書いてあるのと同じブランドの商品がヒットした。発売開始したと思われる時期と、売価をリストに記載する。情報が揃うとメルカリで出品をした。アプリに実装された人工知能のアシスト機能で値頃の価格が提案されて、五パーセント乗せた金額に設定をした。

　クローゼットに戻す際に、ハンガーの首のところにマスキングテープを貼った。それから戻した場所の隣の一着を手に取り、作業した。三着目に取り掛かろうとすると、前回来た時に出品した革のコートが売れたという通知を受け取った。そちらを取り出して、姿見の後ろに集めてあった段ボールを組み立てて発送の準備をした。

　段ボールを抱えて服の家を出て、駅へ向かった。歩道橋を渡る時にポケットのアイフォンが震えたのを感じた。駅の構内に入って券売機の横の台に段ボールを載せて通知を確認した。飯倉からのラインだった。服の家を出る前に、この街のなじみの客の数人に御用聞きのメッセージを送っておいたのだった。「飯倉さん、うつ井です」「今から駅前なんですけど」「何かありますか？」

　飯倉はスーパーマーケットが入っている建物の上層のマンションに住んでいる。十一階と十二階に一つずつ部屋を借りていて、上の部屋を住居、下の部屋を仕事用に使っている。

「何冊か届いていると思うので、おねがいします。２４７７」「了解です」
返信すると、段ボールを持ち上げて、駅の構内を横切り、コンビニに入った。その時、メルカリのアプリを立ち上げて、ＱＲコードを表示させた状態にしておいた。ポケットにしまわずに、段ボールと右の掌の間に挟んでおく。コンビニで入り口の脇にある発券端末でＱＲコードを読み込ませ、出てきたシートをむしり取ると、レジに向かった。店員と目が合い、うつ井はやあと言った。それから名札を見ずに、大池さん、とはっきり口にした。大池は会釈して、うつ井が渡したシートをバーコードリーダーで読み取った。大池がプリンタの方へ行っている間、うつ井は前に彼を見かけた時がいつだったのかを思い出そうとした。たぶん今日と同じ、平日の日中だった。この町で、馴染みの人を増やしていくつもりだ。できるだけ名前や仕事のパターンを覚えていく。

　服の発送を済ませ、飯倉のマンションに向かった。スーパーの入り口から建物の壁を伝って、駅舎の影が差す暗い脇道に入る。チャイルドシートが付いた自転車が並ぶ、買い物客向けの駐輪場が途切れたところにエントランスがあった。鉄製の箱に付いている丸いボタンを押し込んだ。飯倉から、下の部屋に出入りできるよう暗証番号と鍵を渡されていた。宅配ボックスでさっき受け取った四桁の数字を入力し、開けた。厚紙のパックを取り出した。

　エレベータで昇りながらパックを開けた。ミシン目が二列に入っているところに親指を当てて力を入れると、ぼす、という音を立てて陥没した。指で押し上げながら横に滑らせていく。本が三冊入っていた。飯倉の下の部屋で、届いた本のタイトルや著者名、出版社、ページ数などの情報をクラウド上のリストに転記し、写真を撮った。それぞれのデータにつながるＵＲＬを飯倉にラインで送った。飯倉の処理が終わるまでの間、他の顧客にメッセージを送っておいた。

不動産屋の大藪は「大丈夫です！」とウサギが目をつぶって口に両手を添えて叫んでいるスタンプを返してきていた。工務店の社長の息子の狭山はうつヰからの「何かありますか？」のテキストの吹き出しに直接サムアップの小さなスタンプを付けた。惣菜屋の四ツ谷は既読にもなっていない。今度来る時には、顔を出してみよう。「おばあちゃん、こんどヤクルト買っていきますねー」と追加で送った。

飯倉が本の処理を決めたようだった。うつヰが作ったフォームから、飯倉のチェックした内容がメールで送信されてきた。一冊は裁断してスキャンしてPDF形式のデータに。データベースに紐づけておくだけでいい、データ送ってこなくていい。一冊は手前の棚の真ん中の段に置いておく。棚にはテプラで「とりあえず」と書いてある。とりあえずは禁止です、とうつヰからしつこく言われた飯倉は、一ヶ月経っても残っているのはデータにして捨てる、と決断した。ここに入れてから一ヶ月経ったことを個別に調べて処理しているが、段を五つに区切って前月の週と対応させ、当月の週の初めにそこに入っている本を処理することにしてはどうか、とうつヰは考えていた。次に飯倉に会った時に提案するつもりでいる。飯倉からの指示の三冊目は「上に持ってきて」だったので、下の部屋を出て、上の部屋に寄り、新聞受けにその本を差し入れた。ガタン、という音が聞こえた後、かすかに「ありがとう」と飯倉が、部屋の奥の方から叫ぶように出した声が聞こえた。気のせいかもしれない。

電車に乗って市へ出て、富士見の部屋へ行った。富士見に頼まれて、彼女が毎朝使うバターを切った。五グラムのサイズに一気に切れる、鉄の網の道具を富士見は持っていたのだが、キッチンに立てない体になってから、上から体重を掛ける必要があるそれは使えなくなってしまっていた。といってナイフを使うのも簡単ではないので、うつヰが代わりにやることにしていた。富士見は朝食として、グラスフェッドのバターと、MCTオイルを一緒にコーヒーに入れて攪拌して飲む。グラスフェッドというのは、放牧で草を食べて育った牛のことだと説明を受けた。タッパーから、カットされた一片をさらに半分に割って口に含んでみたことがあった。脂肪の感触があるだけだった。塩が入ってないの、と富士見は言った。

富士見のキッチンに入ると、冷蔵庫から取り出したバターの箱が調理台に上げてあった。冷えたままでは切りにくいので、三十分くらいは外に出しておかないといけないのだと富士見は説明した。

「さっき連絡をもらってからすぐ出したから、だいたい三十分くらい経ってるから、たぶんもういけると思う」

はい、と返事して、箱を開いた。アルミの包装紙は銀塊のようで、冷たかった。カット用の道具の場所が分からなかったので、リビングに戻って富士見に尋ねた。換気扇の横の棚だと思う、と富士見は言った。たしかにそこにあった。富士見には届かない場所だ。もう自分では使わないからという理由でそこにしまったのだろうとうつヰは予想した。鳥居に頼んでそこへ入れてもらったのかもしれない。

バターに網を当てて押し込んでいった。まだ内側が凍って硬いままで、芯にぶつかったように途中で網が止まってしまった。常温で柔らかくなるのを待つ。五分だけ待とうと決めて、壁に磁石で付けてあるキッチンタイマーを動かした。その間にキッチンの中を見た。どこに何があるか、把握しておこうと思いつき、端から棚を開けて中を覗いていった。電子レンジの上に紙袋が置いてあった。マジックで、大きくバツの記号が書いてあった。つまんで持ち上げると、カチャカチャと音がした。鳥居が割ってしまった、ロイヤルコペンハーゲンのカップだろうと思った。揃いのカップで、富士見の朝のコーヒーを一緒に飲んだのだと聞いた。鳥居が流しで洗おうとして、指を滑らせて片方を割ってしまったらしい。

それから鳥居が来て、給付金の使い道をどうするか一緒に考えよう、と富士見に持ちかけた。


なんて素敵な毎日なんだ、と及川が枕に顔をはんぶん埋めて呟くのが聞こえた。隣で寝そべっていた鳥居は頭をもたげて左手の上に乗せ、右手で及川の後頭部を撫でた。こういうのはなんというのだっけ。寝転んだまま手を台にして頭を置いておくこの姿勢。手のこの部分は掌底といって、格闘で使う。そろそろまた道場に行きたくなってきた。思い切り打ち込みたい。できるだけ大きな人間を殴りたい。及川も背が高いが、筋肉はついておらず、痩せていて、たぶん格闘の素養は何も無い。わたし、空手めっちゃ強いんだよ。と言うと、及川は顔を鳥居の方に向けた。「僕の話、聞いてた？」

もちろん。明日も出掛けなくていいなんて、よかったね。

「うん。そう。本当にそう」

及川は明日も自宅勤務になった。「今週いっぱいは、そう」と言う。真面目な顔で上司らしき人相手に「はい、はい」と携帯で話して、切った後に嬉しそうに「明日もおうちにいていいって」と言ったその顔は可愛かった。

いっぽう私はきみに毎日出掛けてほしいのだけど、と鳥居は思う。六時四十分に起床して、目玉焼きとシャウエッセンを焼いて、ほうじ茶を淹れて、夕方に帰ってきてから洗うんだと言ってシンクに皿を重ねておいて水を少しかけておいて、出かける五分前になってからトイレに行って慌てて出かける及川が好きだったのだ。帰りは二十時から日付が変わるまで色々バリエーションがあったが、とにかく毎日出掛けて行くのが好きだった。好きだった、というのはなんだろう。私にとって都合が良かったが、そうではなくなってきた、ということだろうか。だろうかというか、そうなのだろう。私は毎日、朝出掛けて夜帰ってくる及川の部屋を拠点にすることで、暮らしをつくっていたのだ。必ず不在になるからよかったのだ。その間に行って帰ってこられる範囲でたくさんあれこれ試す。時々、何も言わずに朝帰りする。及川が鳥居の不在に抵抗感を持たないように馴致させようとした。そうなるように暮らしを捏ねていた。

及川くん可愛いよ、と言いながら鳥居はまたその顔を撫でた。額に手を当てて瞼を閉じさせるように圧力をかけて鼻梁と頬を押し下げていく。ずる、と眉や目尻が下がる。仕事を受注したことがあるペットサロンの店主がこうやって動物を撫でていた。客から預かった動物をそんなふうに豪快に撫でていいのかと最初はぎょっとしたが、それをされるとすぐペットたちはなついた。

「目覚ましは七時半にする」

うん、わかったよ。

「また固くなっちゃったんだけど」

いいよ、してあげる。スウェットの腰に手を差し込んで、及川の芯をほぐすように触り始めた。

うがいをして歯磨きをして、化粧をした。それから袋にできるだけ自分の物を詰めた。ベッドでスマホのゲームをしている及川に、出かけるね、と声をかけて部屋を出た。及川は驚いて振り返った。スマホの画面、うつヰだったら「ゴミみたいなデバイス」と吐き捨てるように言うであろう端末が暗い寝室に光った。激しく動いて、そのあと何かメッセージが表示されていた。吐き捨てるような言い方、なんてうつヰはするだろうか。実際に聞いたことはない。


それから新宿まで出て、東口の地上に出る通路を歩く間にホテルを予約した。コンビニで酒とつまみを買った。ワイファイが強いというレビューが複数あったビジネスホテルを選んだ。チェックインの時に、ＬＡＮケーブルを貸してくださいと頼んだ。フロントの人が屈んで、カウンターから見えなくなり、また現れた。手にプラスチックの箱、救急箱みたいな形の物を持っていて、それを鳥居に渡した。薄い緑がかっていて、輪に巻いたＬＡＮケーブルが詰め込まれているのが見えた。部屋に入ってベッドに腰掛け、ウェストポーチを外した。細かい物を入れてきたので、いつもより膨らんで、重く感じていた。腰を締めていた力が抜けるとトイレに行きたくなった。


尿を出しながら、富士見とうつヰのライングループにメッセージを送った。

「ふじみたん、あそぼー」

お尻の重そうなクマが振り向きざまにウィンクしているスタンプが送られてきた。

これから映画を観ようと思っていたのだが付き合うか、という提案が富士見からあって、鳥居はいつも使っているスタンプを連打して応えた。配信が始まったばかりの映画で、それを富士見が楽しみにしていることを鳥居は知っていた。

「じゃあディスコで、私のサーバーに集合ね」と送ると、またクマのスタンプが付いた。続いて、「うつヰさんも来れたら来てね」と送られてきた。うつヰをメンションしてあった。鳥居が画面を注視していると、既読の数が増えて、うつヰがそれを読んだことが分かった。

ベッドの布団を剝がして、床に落とした。シーツの上に、荷物を全部出した。袋を逆さにして振ったら、ジップロックに入れたコンドームが出てきた。五つあった。及川のために持っていた物だ。極めて薄いことを謳う商品で、及川の部屋の近くのコンビニで買える物だった。箱をいつもベッドのそばに置いていたが、外で及川がしたくなったり、切らしてしまったりしたときに応えようと、箱から出して常備していたのだった。常備薬というか常備膜。破れたりしていないかと、ジップロックから一度出して点検した。ゴムを潤わせておくローションがぬらぬらと動いた。

机にマシンを置いてＬＡＮケーブルを差した。レモンサワーの缶も置いた。席を離れなくていいように、二本とも置いておいた。多少ぬるくなってもかまわない。瀬戸内レモンのイカフライを置いた時、しまった、レモンがかぶった、と思った。袋をがさがさと開ける音でヘッドホンのうつヰが顔をしかめる光景が目に浮かんだ。レモンサワーの飲み口のタブも開けておいた。椅子に座ると、床の布団を引っ張って持ち上げ、腰を巻くようにして体と机の間に詰めた。ディスコードを立ち上げると、富士見とうつヰは既にログインしていた。

じゃあ始めるよ、と富士見の声がして、画面に富士見のマシンから配信された映像が表示された。ウィンドウを全画面にした。布団の上に頬杖を付き、酒を飲みながら見た。「そうやって」と富士見が言う。「ずぞって音を立てて飲むのやめな」と咎められた。映画の序盤で、既に酔いが回っていた。はあい、と言いながらまた飲んだ。うつヰが顔をしかめるのが目に浮かんだ。

うつヰの顔はどんなだっけか。すぐに思い出せなくなる。頭が丸くて小さくて、ショートカットでいつも耳が見えている。アバターはよく覚えている。いつも遊んでいた、あのワールドで。三人が出会ったのは、バーチャルリアリティの空間だった。少数の人にだけキットが配られた招待制のサービスで、フルボディトラッキングのデバイスを使って複数の仮想世界システムを行き来することができた。

うつヰは三次元モデリングでアバターを作る方法を教えてくれた。鳥居はソフトの使い方が覚えられず挫折したが、富士見がデザイン画を描き、うつヰがそれを三次元モデルに起こして作ってくれた。だから鳥居のアバターは、富士見の得意な風合いで、うつヰに実装できる範囲の動作をした。鳥居は富士見の仕事を手伝った。富士見は制作プロダクションに社員として所属していて、イベントの現場スタッフや、撮影の時のエキストラ集めを鳥居に発注した。鳥居はうつヰに仕事の取り方を教えた。個人間で受発注のやり取りができるサービスを紹介し、決裁権を持っていながら発注先に困っている人物の見つけ方を教えた。うつヰはデジタルの作業が得意で、細々と仕事を取り回した。仕事を選ぶな、と鳥居はうつヰに教えた。とにかく受注して、それから考えるんだよ。一つの場所で大きい仕事を取ったら、そこを拠点にして、知り合いを増やして、御用聞きをして、細かい注文をつないでいくんだ。

素直に助言を受け入れるうつヰは、ノウハウを吸収してすぐに分刻みで仕事をこなすようになった。今では私よりたぶんきっと、多く稼いでる。鳥居はうつヰのアイコンをクリックした。黒いキャップを目深にかぶり、カメラから目を背けている写真が基本情報とともにポップアップで表示された。たしか初めて対面して会った日にも黒いキャップを被っていた。富士見のイベントの手伝いをした日だ。元々、会場整理を頼まれていたところに、会社を辞めたばかりのうつヰを呼んだ。その時の昼休憩で、三人で道を歩いていて、あの事故に遭った。暴走して突っ込んできた車に富士見がはねられた。

映画の後半で、鳥居が気に入っていた登場人物が撃たれて死んだ。わーっと声を出した。酔いが回っていて、騒ぐと楽しかった。うつヰは黙っていたが、時々チャットで呟いていた。今のはフラグですね。とか、ハンス・ジマーっぽいな。とか。ハンス・ジマーだよと富士見が応えて言った。「黙って観てなよ」と富士見が言うので、いやふじみたんと一緒にあれこれ言いながら観たいんだよ、と鳥居は訴えた。

映画が終わってから、富士見が、追加のお酒を取ってくる、と言った。富士見のマシンから配信していた映像のウィンドウが消えて、静かになった。鳥居はうつヰに、最近どう、と訊ねた。しばらく返事が無かった。それで、富士見が先月から音声入力で日記を書き始めたことを伝えた。もう知ってるかもしれないけど。「はい、知ってます」

うつヰちゃんに教わったって、言ってたよ。「はい、楽かなと思って」

「何の話？」

富士見が戻ってきた。

「ジントニック作った」

いいね。

「いいですね」

仕事のこととかだよ。うつ丼ちゃん、順調かなって。

「例の、服の家が。やってもやっても終わらないです」

儲かりそう？

「はい、かなりコツが分かってきたので」

「さすが、手際いいのね」

それから、服の家の服の部屋にぎっしり詰まっているという、その大量の服は誰の物なのか、どうしてそれを売り捌いていきたいのか、という謎について話し合おうとした。一度、現場を見てみたい。家主の顔も見てみたい。富士見が「詮索しない方がいいよ、きっと」と言い、うつ丼が「家主は部屋を見に来ようともしないので」と言った。鳥居は仮説をいくつか披露した。「どれも悲しいからやめよう」と富士見が言うので、その話は終わりにした。うつ丼が明日早いので、と言って退出し、そこでお開きになった。

　ラインに大量のメッセージが届いていた。通話の着信もあった。及川からだった。通知を切っていたし、忘れていた。マシンのＬＡＮケーブルを抜いて、ワイファイに切り替えた。電源ケーブルを引きずってベッドの上に移った。壁際のコンテンツにコンセントを差した。ライブチャットにログインし、男たちの相手をした。いつもと場所が違うのが良かったのか、馴染みのオーディエンスからの投げ銭が多く入り、眠る前にフロントに電話をしてもう一泊したいと伝えた。朝、ビュッフェの朝食を食べて出掛け、ルミネで服を見て回った。それから富士見の家に遊びに行った。わざと連絡無しで訪問をした。うつヰが来ていた。

うつヰが淹れたコーヒーを飲みながら、給付金の使い道をどうするかという話をした。富士見は今すぐ寿司が食べたいと言った。うつヰはハイエンドなマシンを買う足しにしたいと言った。

私も寿司が食べたい。今から行こう、そうしよう。

富士見が賛成し、うつヰがアイフォンで店を調べる。三人で並んで道を歩いた。市の大きな街道沿いに少し歩いた。「ねえ、あの時みたいだね」と富士見が言った。事故に遭った時のことだ、とすぐに鳥居は思った。あの日、あの春の昼間の休憩で、ラーメンかカレーがいいと鳥居が言って、近くのラーメン屋が行列になっていて、カレー屋を目指した。うつヰが場所を調べた。

「あの時、どうやって並んでいたっけ」

どうだったたっけかね、と鳥居は曖昧に答えた。富士見の車椅子を押す、うつヰの手元を見た。ハンドルを握る手の甲の筋が浮き出ていた。

ホテルに戻ってマシンを開くと、富士見から画像が送られてきていた。以前に送られてきたのより解像度が高く、データが重かった。青い壁の部屋で、椅子が置いてあり、黒猫がいた。

黒い猫が、青い壁の部屋の中央にある木の椅子の上で眠っている。

四、二〇二〇年六月

　惣菜屋は一戸建てから建て増しして作られた、張り出した小屋のような形をしていて、曇ったガラス戸の向こうにカウンターと商品を並べる什器を兼ねたケースが見えた。マンホールを踏んでうつ丼が近づくと、土塀の影からエプロンを着た女が出てきた。「おばあちゃんにですか」と女はうつ丼に尋ねた。女の大きな黒い瞳が動いて、うつ丼が手にしているビニール袋を一瞥したのが分かった。はいそうです、とうつ丼は答えた。「渡しておきますね」と言って女が手を差し出した。うつ丼は袋ごと女に渡す。中には四ツ谷のおばあちゃんとうつ丼が呼んでいる惣菜屋の店主に頼まれたプリンが二つ入っていた。頭を下げて、道を戻った。

　パーカーの腹のポケットからアイフォンを取り出し、ラインで「四ツ谷のおばあちゃん」のトークルームを選択し、「渡しておきました」とだけ送った。それから走って駅へ向かった。大きな駐車場のゲートから軽自動車が出てきた。元はテニスコートだったらしい。それから歩道橋を渡った。上に上がった時に、線路の向こうから電車が近づいてくるのが見えた。速度を上げて駅舎に入り、改札を抜けた。アイフォンをかざした後に、今みたいに勢いよくしたら手が滑って放り出してしまう、大変なことだ。と思ってしっかり握った。パーカーの腹のポケットは口が広いし素材が滑るから、もっと摩擦が大きくて飛び出なさそうな場所、と考えてスキニーパンツの右のポケットに差し入れた。このことを思うのはもう何度目だろう、と思いながら電車に飛び乗った。

息を整えて、ラインやディスコード、スラック、メールをざっとチェックした。飯倉から、先週届いたはずの本について質問が届いていた。夜にまた行きますね、と返事した。それから、リサーチ中のスマートロック製品のメールマガジンをざっと見た。

市の中央の駅は大きな二階建てで、一階は五列くらいあるバスロータリー、二階は通路が続いて、シネマコンプレックスの入っている商業施設や、百貨店がつながっていた。アーケードが途切れているところがある。日の当たるベンチに、いつもの老人が横たわっていた。小走りで通路を端まで行き、階段を下りて、イチョウ並木に出た。左手が並木道の終わりで、神社があった。神社を背に並木道をうつヰは行く。スーパー銭湯に、カラオケ、居酒屋、ファーストフード。大規模チェーンの居酒屋が閉店になっていた。金物屋の暗い店舗の隣の、少し高そうなイタリアンレストランが閉店していた。白いテープが入り口のスロープの手すりからドアの方へ張られていた。その店の脇から、雑居ビルが並ぶ道が見えた。その先に行くと風俗店が集まっている場所があるはずだった。時々、うつヰが顔を出す、このあたりの細かい仕事を紹介してくれる大木という人間の事務所があった。卸売のやり方について、大木に教えてもらおうと思いついた。走りながらアイフォンを出して、ヘイシリ、と呼びかけた。なにかご用ですか。エバーノートにメモ。大木さんに卸売のやり方をきくこと。なんでもアイフォンに言って聞かせるのは鳥居の真似だ。音声入力で日記を付けるのもそこから発展した。それを洗練させたら富士見が便利になるのではないかと思った。

角を曲がるところで、走る速度を落とした。間に合いそうだ。

旧市街のこの一角に入ると、急に気温が下がったように感じる。蔦に覆われた喫茶店が右手にあった。しばらく休業します、と張り紙があった。その隣の整骨院も閉まっていた。その先にある店はシャッターが一つだけ開いていた。そういえば何の店なのだろう。安全を確認してから車道の方へ横飛びして、看板を見上げた。錆びた支柱の上に色あせた布がかかっていて、額、という字が見えた。シャッターの開いているところから中を覗いてみると、木枠が大量に置いてあるのが見えた。富士見の家に着いて、あれは何なのか質問すると、額装屋というのだと教えてくれた。絵を持ち込んで額を掛けてもらう店だ。それからいつものように、前に会ったときから今日までのことを話して聞いてもらった。富士見は背を向けて仕事をしていた。タッチデザイナーでエフェクト生成の作業をしているようだった。リアルタイムコンテンツの動きがちらちらと見えていた。

「冷房つけようか」と富士見が尋ねた。汗は既に引いていた。大丈夫です、と言って床に横になった。机や椅子の足、床の埃、スチールラックの最下部の陰を見た。何かのキャップが転がっていた。棚と柱の間に隙間があるのをじっと見た。不自然だ、と富士見に聞こえないように呟いて、腕枕をして目を閉じた。

「そんなところで寝転がっていたら、ひかれちゃうよ」富士見の声が聞こえた。私を今、見下ろしているだろうとうつヰは思った。曲げた肘が目の上に来るように体勢を整えた。曲げたところの服の布地が光を遮ってくれる。頭を動かした際に、耳の奥で大きな音がした。屋根に積もった雪が滑って地面に落ちていく時の音に似ていた。耳垢が固まって乾いて剝がれかけているのかもしれない。むかし友人に、耳垢がたくさん出ることを羨ましがられたことがあるのを思い出した。

その友人のことを思い出していると、眠りに落ちて時間が飛んで、自分のいびきで目を覚ました。暗くなる前に、富士見に見てもらうはずだった動画のチェックをしてもらい、ユニティの使い方について困っていたことを相談した。富士見のフォルダが一瞬見えて、見たことのある画像のサムネイルが見えた。四月くらいから時々送ってくるようになったものだ。

町に戻って、飯倉の下の部屋の作業机で仕事をした。その時に、山城から「面白いツールが公開されましたよ」と連絡があった。黒い画面にテキスト入力の欄が空いていた。プロンプトを入力すると、画像が生成された。プロンプトはまだ英語しか対応していないというので、思いつくまま単語を入れてみた。white cat, blue wall. 富士見から送られてきた画像に似た絵が生成された。人工知能の深層学習モデルで、そう遠くないうちに誰でも簡易的に使えるツールに実装される予定のものだと山城が説明した。富士見が使っているのは、きっとこれの、難しいやつというか、大元のものなのだろう。山城は「きっとそうですね」と言って、ギットハブ上のリポジトリを画面共有で見せてくれた。半年後か、来月か、もしかしたら今夜にでも、日本語のプロンプトからでも全く問題なく生成しちゃうようになると思いますよ。すごいですねえ、とうつヰが言うと山城は自分が褒められたように嬉しそうな声を上げた。「僕が開発してる買い物支援のプログラムも、ここの研究所のモデルを使ってるんですよ」

うつヰは、服の家での一連の作業を思い出した。何円で出品したらいいか、画像をアップしただけで提案してきてくれる。そういえば、午前中に出品したワンピースは売れただろうか。

いちど及川の部屋に寄って、夏服を回収しよう。鳥居は一晩泊めてくれた男に礼を言い、よく知らない街の初めて見る名前の地下鉄の駅に降りていった。エスカレータが長かったので、乗り換えを検索して富士見の家に向かう経路を確かめた。

　何度か乗り換えて、市の駅に着くと、百貨店の三階に入っているユニクロに寄ってＴシャツを買った。ワイヤーの無いブラジャーも買ってみた。富士見にも一つ買って持っていこうかとも思ったが、サイズが分からないので、もし違っていたら面倒なことになると思い、やめた。きっと一番大きいのでいいのだろうとは思ったが、それよりも、一緒に買いに行こうと言う方がいいだろうと思った。及川は留守だった。平日で、勤務時間だから居るだろうと思っていた。本来の用途では全く使わなくなった財布の小銭入れは、無くしては困るが時々しか使わない小物をしまっておく場所になっていた。そこから鍵を取り出して及川の部屋に入った。インターフォンは鳴らさなかった。

　一ヶ月ぶりになるが、その前にしていたのと同じように出入りして、顔を合わせたら、いつものように、やあ、と言うつもりでいた。ビニールのパックを開いて、着替えた。パックはゴミ箱に捨てた。ソファの横に置いてあるゴミ箱には紙袋が開いて入っていた。幅は紙袋の方が大きい。それを籐の四角の箱に入れて内袋にしている。口が歪んでいた。持ち手の紐が外に出ている。きっと鼻をかんだ後のティッシュを投げ入れようとして、あの紐にひっかかって落ちたりするだろう。小さくため息を吐いてそれを拾って捨てに行く及川の様子が頭に浮かんだ。ソファから立ち上がって歩けばいいのに、腰を浮かせて横にずらしながらそちらへ行き、ぎりぎりのところで手を伸ばしてティッシュを拾おうとするだろう。

ソファの前にはローテーブルが置いてある。ガラスの天板。傷が付いているのはマシンを置いて付いた物だ。及川が会社から支給された、大きくて重い物。ソファに座ってローテーブルに置いて仕事をしていた。遠からず腰を痛めるだろうと思っていた。ウェブカメラとの位置と角度からすれば、股を開いて見下ろすような絵になって感じが悪く映るだろう。及川の太ってはいないけれども二重になった顎も目立つだろう。マシンはローテーブルの隅によけてあった。

ここでライブチャットをしたこともあった。ソファを背もたれにして配信をした。脱いで見せてとしつこく言ってくるオーディエンスがいたのを思い出した。袋に詰めておいた厚手の服を寝室のハンガーに書けた。プラスチックの土台と、ステンレスのポールを組み立てて作る洋服を掛ける物。たしか及川が出席した結婚式の引出物のギフトカタログで選んで届いた。及川のコートも、鳥居のコートも掛かっている。

うつヰが仕事を請け負っている服の部屋には、これの高級な物がたくさん置いてある。行ったことはないが、写真を見せてもらったことがある。見せてもらったというか、富士見向けに画面共有で見せているディスコードの画面を、富士見の後ろから覗き込んで見ていた。こういうの、なんていうのでしょう。とうつヰが質問した。「ポーターがいるようなホテルで、こんなのを押したりしてるよね」と富士見が言った。エモンカケ、と鳥居は呟いた。「なるほどねえ」と富士見が言い、画面を見たまま左手を上げて、鳥居の顎を撫でた。鳥居は喉を鳴らして応えた。

富士見に早く会いたくなって、服の詰替えを済ませて市へ急いだ。インターフォンにも答えないし、ラインにも返信が無いので、エントランスの前のベンチで座って待った。ネットフリックスでドラマの続きを観始めたところで、ラインの通知が入った。

「立て込んでた、ごめんね」

勝手に来たんだから、いいよ気にしないで。

「このあとまた、すぐ会議だから」

富士見がズームで会議を始めた。リビングの床でストレッチをした。その後、腕立て伏せとスクワット、足上げ腹筋を三十回ずつ、ゆっくり五セット。つらくなったときに声を上げたり息を荒らげたりしないように気をつけた。特にスクワットで、太ももの大きい筋肉が絞られて、体内に沁みる痛いエキスが腰に上がってくるときに、つい声を漏らしてしまいがちだ。喘ぎ声みたいなのがズームに入ったら大変だ。大変だと思いつつ、そうなったら愉快だなとも思う。富士見に忍び笑いを見られないように顔をそむけた。

それから思いついて、アマゾンで懸垂の道具を探した。リビングと寝室の境界か、リビングの端の棚の脇の、両手を広げたくらいに空いているスペースに設置したらいいのではないか。鳥居は富士見が真剣に作業をしている横で、ぎしぎしと鉄を軋ませながら懸垂をするのを想像した。脇や腹の筋肉が、部位と部位をつなぐ筋膜が張って漲るのを、迷惑そうに富士見が見て、見て見てふじみたん、と自慢するのを想像した。手頃かつ頑丈そうで、うつヰに頼めば自分たちで設置できそうな商品を見つけてディスコードのサーバーにリンクを送った。富士見のディスプレイに通知が届いたのが見えた。ズームで発言しながら富士見がそれをクリックして、すぐに閉じた。

富士見の会議が終わった後に、ベッドに横になるように鳥居は言った。

「まだ忙しいから、むり」

速やかに転移するし。車椅子ユーチューバーの人の動画、めっちゃ見てきたし。上手くなってるから、すぐ済むから大丈夫。「もう、ほんとに」と、富士見はため息をつく。

「何がしたいの」

点検します。鳥居は高らかに宣言した。非破壊検査だ。

車椅子からベッドに移し、うつ伏せに寝かせて、服を剝ぎ、富士見を点検するのだ。富士見が自覚できない褥瘡があるかもしれない。胸のサイズも確認してしまえばいい。

うつヰが入った時、その部屋は冷えていて、大量に掛けられた布地の隙間から差し込む光が細く、尖って見えた。大きな窓に面した側に並ぶハンガーラックの真鍮がところどころ鈍く反射していた。奥まで進むと、入り口からは死角になっていた場所で除湿機の上部のランプが赤く点滅していた。洋服が空気中の水分を吸い込み続けているのか、機械の方にもすぐに水が溜まる。うつヰは連続運転に設定して退出するようにしているが、一日経たずに戻ってきても満杯になっている。水を捨てて運転を再開すれば湿気が減るが、室内の温度は高くなった。服の部屋にはエアコンが入っていないので、これからの季節は作業する時に除湿をかけているとつらいかもしれない、とうつヰは思った。

点滅が気になるので、とにかく除湿機の電源を切った。トレイを半分ほど引き出してみると、重い手応えがあった。引き出したはずみで中に貯えられた水が揺れた。まだこれだけの量の水分が、この部屋にあったのか。布地の中、糸と糸の間に溜まって、乾かしても乾かしても湿っていく。ほとんど密室のようになっている部屋なのに、吸い込み続けるばかりで終わることがない。

トレイを引き出して廊下を戻り、玄関の斜向かいにあるバスルームに入った。洗面台の縁にトレイを載せて、角の蓋を開いて水を抜いていった。半透明のプラスチックの向こうに黒い影が見えた。全て排水した後に、蓋の穴から覗くと、大きな襞が海藻のように揺れていた。ぬめりが溜まってプラスチックの底に着いているのだろう。蛇口から水を入れて軽く振ってみたが、剥がれなかった。

服の部屋へ戻って、出品のための作業を始めようと道具を広げていると、家主が階段を下りてくる音が聞こえた。途中で止まった。うつヰは聞き耳を立てた。

部屋の外、廊下を隔てて、玄関を見下ろせる踊り場のあたりで家主が手すりに手を乗せて立ち止まっているのを感じた。階段は二階のリビングにつながっていて、そのドアを開けると上で回しているエアコンからの冷気が降りてくる。除湿機の排水トレイの、あの黒い膜を剥がす作業を提案するかどうかうつヰは考えた。ついでにバスルームの、洗面台や風呂のクリーニングも請け負えますがいかがですか。業者のようにとは言いませんが、一般家庭の家事の範囲で、定期的に済ませておけます。もし彼が下りてきてこの部屋へ来たら、そう話しかけてみようと、息をひそめたまま考えた。冬物がかなり減ったクローゼットの中を見て、だいぶ減りましたね、と彼は言うかもしれない。夏物は流行りの無いアイテムで手頃な価格の物を出し始めますが、むしろこのまま冬物は高価格帯を出し続けてみようと思っています。

「うつヰさん」

家主が呼ぶ声がした。はい、とうつヰは床に腰を下ろしたまま半身を床に這わせた。顔だけ服の部屋から出す。廊下の先に家主の顔が見えた。彼も壁の向こうから覗き込むようにしていた。刺激があればいつでも去れるようにしている体勢だ、とうつヰは思った。何かに似ている。「先週お願いした作業の支払いですが」

はい、ええ。とうつヰは返事した。「ペイペイでいいでしょうか」

使い始めたんですね、と言いそうになるのをこらえた。余計なことは何も言わないのがいい。はい、と答えて、ラインで私のアカウント情報を送りますね、と言い、引っ込んだ。それ以上の用があれば自分で来るだろう。すぐにラインで家主からメッセージがあった。支払期限について質問された。おてすきのときに、と返事した。メイク・ア・プロンプト・ペイメント、迅速な支払いをお願いします。と頭の中だけで呟いた。

作業中に、出品したばかりのサマードレスが売れて、予定外だったが、それでは、ともう二着追加した。それから服の家を出て、富士見の家に向かった。手が届かないところを片付けたい、と富士見がうつヰを頼ったので、すぐに行きます、と午前に伝えてあった。夜に締め切りがいくつかあるのと、翌日にこの町での仕事があるので、また戻ってきてガストで作業をしようと算段していた。富士見の部屋に入ると、「早速だけど」と言って指示が始まった。

化粧台の両脇の扉は鏡が張られていて、マグネットが強く、重かった。

「うちに帰ってきて半年経ったけど、この期間に無くて困ったものは、ここには特には無かったはず」

どうせ捨てていいものしかないと思うけど、と富士見は続け、緑色のビニール袋を手首で挟んで渡した。市の指定のゴミ袋だ。「燃やすごみ専用」と大きく書いてある。いったん捨てる物をこれに集めて、分別は後で。歩けた頃の富士見より背が低いうつヰは、棚の一番上には手が届かなかった。鳥居が勝手にアマゾンで取り寄せたという台を持ってきて、それに乗った。ピンクの箱が見えて、それを苦労して取り出した。左側に大きなエクスクラメーションマークが描かれていた。妊娠検査薬、と書いてある。開封されていた。

「それね」

ゴミ袋の中を確認した富士見は「忘れてたわ」と言う。

「使ったんだった。ちょうど、事故の前の日に」

富士見は息苦しそうだ。何か言わなくては、とうつヰは思った。棚の横の空いているスペースに視線を留めて、何か言わなくては、と思った。

「近くのガストの、深夜シフトの人に、サガリフジっていう人がいるんだって」

富士見が鳥居の頭を撫でながら言う。時々、鳥居の髪の分け目に鼻をあてて吸った。吸う時の冷たい感触、それから吐く時の生暖かい感触が続いた。あっためて、と頼むと、唇をつけて頭皮に息を吐きかけてくれた。そうしやすい姿勢に富士見がなるよう、鳥居は体を持ち上げた。肘が車椅子のアームレストについて、富士見の体をぐいぐい押した。

「それが、漢字の下に、平仮名の「り」を挟んでから、漢字の藤なんだって。下り藤。平仮名が入っている名前ってかっこいいなあって、言ってたんだよ」
うつヰが富士見にそう話したのだそうだ。二人が打ち解けた会話をしている様子を鳥居は想像した。打ち解けてもいないのかもしれない。うつヰの、いつものあの、仏頂面と呼んで差し支えない感じのする、起伏に乏しい表情のまま、なんというか、報告をしているだけなのかもしれない。リアルではそう、というだけなのかもしれない。あの仮想空間では、ころころと表情を変えていたように覚えている。踊ってもいた。

「リアルで、というか、物理で、とかいう言い方をしたほうがいいのじゃないかな」と富士見は言う。「あの三次元空間だってリアルだったでしょう。リアルの一部というか」

バーチャルリアリティというのは、実質的に現実、ということなのだから、実質的にそうなんだから実際に現実なのだと富士見が続けるが、鳥居は途中から聞いていない。お腹が減ったにゃあ、と言った。

先週は、ほとんど他人から食事をおごってもらった。昼は食べずに、夜に男たちと会った。カプリで待ち合わせた彼らに丁寧に礼をした。デザートが来た後にトイレに行くといいよ、とうつヰに教えたことはあったろうか。それで帰る時にもう会計が終わっていたら、そのことに驚いてみせるとよい。対処に困ることが起きたら、結婚を前提にお付き合いする人を探しているので、ときりっと言うといいよ、と入れ知恵した時には、「嘘はできるだけつかない」とうつヰは言い返した。「だから、それ以外の方法で、うまくやりたいです」

会社に勤めていた時、部下が「嘘はつきたくないです」と泣いたことがあったのを思い出した。

あの黒い大型バンの中の、革張りの椅子で泣き出した。整髪料をたくさん付けた、ボタンダウンシャツを着ていた、新卒二年目くらいだった青年。襟の裏地に絵柄が付いていた。いま思えば、背格好も顔立ちも及川に似ている。ボスが目を覚まして起き出して、「ないてんのか」と尋ねた。運転手の郷原と、バックミラー越しに目が合った。郷原は鳥居の倍くらいの年齢の女性で、短髪で、腕が太かった。バンのハンドルをぐるぐる回して、都心の狭いところにどんどん入り込む。急いで発進するときや、急に曲がる時は、なにか大きな声を出していった。調子だけは思い出せるが、なんと言っていたのかは一つも思い出せないし、当時も分からなかった。東京中の道を知っていて、その日のボスのスケジュールを経路とセットで完全に把握していて、鳥居が順番を入れ替えたり、十分だけと別の用事を入れたり、途中で誰か拾って移動しながら会議するということを伝えたら「あいよ」と言って済んでしまう。ぐん、と切り返してバンが動く。私もあんな感じになるのだろうか、と、彼女と視線を合わせたまま鳥居は思った。

「いいかお前は秘書のトップかもしれないが、おれにするのと同じくらいに郷原を大事にしろよ」

ボスはよくそう言っていた。泣いているあの青年を、あの時ボスはどうしたのだったか。とにかくバンが、急激に加速したのを覚えている。

目を開けると、富士見のディスプレイに絵が映っていた。油絵風で、女性の姿が見える。高精細で、瞳の虹彩まで見えた。富士見がせわしなくキーボードを叩いている。

「ヴァンゲルとチャットしてるの」

ヴァンゲル、誰。鳥居が訊ねると、この描画ＡＩの開発者なのだということを富士見は説明した。

「メイン・ブレイン」はベータ版で世界中のエンジニアやクリエイターが試している。使い勝手のフィードバックというより、私たちに学習を進めさせているのだよね。富士見は嬉しそうだ。

ふじみたん、猫はもう描かせないの。「そうね」と言いながらキーボードを叩くと、また四枚、同じ要素で構成が違う画像が表示された。プロンプトは日本語だった。あれこれ書き換え、入力と出力を試していた。

「この家には、猫がいましたね。って、うつ井さんにいわれちゃった。きのう」

いたの?

「いたよ」

猫どうしてるの。

「連れていかれちゃった」

外が暗くなっていた。部屋の電気を付けないままで過ごしていたから、道の向こうの明かりがずいぶん光って見えた。もうすぐ消えるよ、お店はぜんぶ閉まっちゃうんだよと鳥居は言って、今日は泊まっていいかと富士見に尋ね、また断られた。

昨晩と同じ男のところに連絡をしながら歩いてたら、富士見からさっきの画像から一枚選んだのが送られてきた。

墓石が並んでいる。石と石の間を長い髪で白い服を着た人が歩いている。彼女は傘を差している。

五、二〇二〇年七月

最後にもう一回だけしたい、と及川がせがむ。ズーム会議の後で、白いワイシャツが蛍光灯に光っていた。できるだけオフィスにいる風に見せたいと及川がいうので、鳥居が、それなら昼白色の電灯にするといいよと言って市の家電量販店で買ってきたものだった。及川がいないときに、脚立を出して取り替えておいた。ワイシャツはビデオ会議の時にだけ着ていた。ハンガーに掛けてカーテンの襞にいつも引っ掛けてあった。オフィスに居る風に見せたいなら、ソファに座ってローテーブルを見下ろす姿勢が決定的に違和感があると鳥居は思っていたが、それは教えていなかった。及川がまた毎日出勤する生活になるならここを拠点にしていたいと思っていたのだった。

私、もう出ないといけないから。と断ると、一緒に立ち上がって及川は鳥居を抱きしめた。腰に手をおいて鳥居を引き寄せる。腹に及川の股間の突起が当たる。固くなっているのを、どうしてもしたいということを分からせようとしているのだと思った。今度また会った時にしようね、今はどうしても急いでるから。と鳥居は言った。別に及川くんが嫌いになったのではないのだし。うつヰちゃんが一緒に住もうって言ってくれたから、そうしたいだけだから。

「ほんと?」

そうだよ。次はきっとすごい気持ちいいよ。

「でも今、したいから」

そうだね、ごめんね。時間なんだ。

「分かったけど」

及川が時計を見たのが分かった。まだ就業時間内だ。

ごめんね、うつ井ちゃんが待ってるから。笑顔を見せて、及川を引き離し、手を振って部屋を出た。ラインちょうだいね、とドアが締まる間際に言った。

外は蒸し暑い。さすがにクーラーがあるところで寝よう、とまず鳥居は思った。カプリを開いた。カプリは単独で動くアプリケーションではなく、ウェブブラウザ上で動くサービスだ。アイコンが画面から見えないのはいいが、使い勝手がやや悪い。カンナさんへのメッセージが届いています。五件の未読。一つは約束をしている男からだ。舌が上の前歯から強く離れる。ちっ、という音がする。ごめんなさい、五分遅れます。急ぎます！

一つ一つメールを開いていかないと、未読の表示が無くならない。男たちをスワイプで選んでいく色見本の束のような画面は操っていて気持ちが良いのだけれど。ぬるぬる動いてほしい、どのサービスも。洗剤を垂らして界面を混ぜるところを想像した。余計なボタンを触って、画面が遷移し、また舌打ちをした。いつの間にか信号待ちをしていて、隣にいた男が鳥居を見た。マスクをしていなかったことに気づき、袋から出して装着した。

「舌打ちをやめろ」というボスの声が頭の中で聞こえた。あの頃、苛立つとつい舌打ちをしてしまい、その度にたしなめられた。「人を急かすな」「人を物みたいに言うな」、ボスは現行犯で指摘する。過ぎたことは蒸し返さないが、どんな時でもその場で言う。テレビカメラを向けられている記者会見中に叱られたことがあった。分刻みでスケジュールが詰まっているのに、道が混んでいて時間を守れないことが確実になったり、ボスに用事があるという人が遅れてきたりすると腹が立った。ボスは「そもそも約束をするのがいけない」と言った。トップの登場は、赤絨毯を引かせておくか、そうでないなら抜き打ち。「そのどっちかだ」

今みたいにマスクが当たり前だったら舌打ちは目立なかっただろう。ボスには気づかれてしまうのかもしれないが。ボスはマスクしてるかな。全社員統一のマスクとか作らせていそうだな。そして自分はしない。参事官が頭下げて協力を乞いにきたんだ、しかたないよな。とか、いかにも言ってそうだな。

約束の男は、鳥居が近づいてくるとマスクを外して顔を見せた。四十歳だとカプリのプロフィールには書いてあった。薄い素材の、水色のジャケットとパンツを履いていた。右手の人差し指に黒い厚いリングを嵌めている。茶色いローファーで、足の甲が見えた。男は鳥居の背後に回り込んで「大きな荷物ですね」と言った。いつもならコインロッカーに入れてくるが、遅刻していたので持ってきた。

「家出中？」

男は茶化してそう言った。いちど顔を見たので、再びマスクをした後でも笑顔が分かった。それから「よかったら持ちますよ」と言って手を差し出した。肩幅が広く、体力がありそうだ。じゃあお言葉に甘えて。鳥居は袋を渡した。男が担ぐ。それから一歩前を歩いて店へ連れて言った。生ハムとワインの品揃えが売りのレストランで、木製のパーテーションがある半個室で食事をした。閉店が早いから、店を探すのが大変になってしまって、と男は言った。この数ヶ月、カプリで会った男は皆、最初にその話をした。だからこの店は自分の本来のセレクションではないのだと言いたげな男もいたし、だからここでは一杯飲むだけにしてホテルの部屋で何か取って食べよう、とはっきり誘う男もいた。

「だから、仕事を終わらせる時間を一時間早くしたんですよ」毎日、オフィスに出社しているという。会社の方針ではリモートワークを勧めているのだが、外出しないではいられないので出社するのだ、と説明した。

「それで毎日、必ず用事を入れます。優先順位は、カプリのアポイントで。入らなかったらジム。ジムが二日続いて、それでもカプリで新しい人と約束できなかったら、映画」男は赤ワインを何杯も飲んだ。薄い色の服を着て平気で赤ワインを煽るように飲む男は金払いが良い。

鳥居が仕事の話をすると、自分も仕事を頼みたいと言われた。

じゃあ、まず、友達になりましょう。友達としか仕事しないので。

「普通、逆じゃないですか？」

逆だから儲かるんですよ、と鳥居は教えた。男は何度も鳥居の顔を見たがった。「正面からまっすぐ見せて」と頼んだ。「人間の顔が珍しいから」と言って男は笑った。名前、教えてもらっていいですか。と鳥居は店を出る時に訊ねた。「はじめに名乗りましたよ」と男はまた笑った。近江と名乗ったその男の部屋に泊まって、一緒に出かけた。ラインを交換して、ジムが続いたら連絡ください、と伝えた。近江はオフィスまで歩くと言った。マンションの外に出ると、近江がアプリで呼んだタクシーが停まっていて、それに乗せてくれた。

富士見を訪ねると、リビングに見たことのある男が居た。「では、そろそろ」と言ってすぐに去った。どこかで見たことがある、と富士見に伝えると「ズームでよく話してるから、顔を見たんじゃないかな」と答えた。「いいタイミングで来てくれて、助かったよ」

何か嫌なことがあった?

「仕事を回してやるって、えらそうにされたの」

間に合ってますよね、ふじみたんは。

「いやいや。大きいところからの仕事じゃないと、大きな仕事はできないもので」

富士見がため息をつく。鳥居は車椅子の脇に立った。

「さっきもそうやって立ってたよ。こうやって、押し当ててくるの」

今後はもう、家に入れないほうがよさそうだね。

「私を見下ろしてると、なにかそういう気持ちになるのかもね。前は、なんとかお願いしますって、頭を下げてたのに」

きもいね。

「きもくはないんだよ。そうなっちゃうんだよ」

富士見の目を見た。目尻が濡れていた。「私さ」と彼女は呟いた。

「たぶんできるけど。どうなんだろうね」

私と試そうか、と尋ねると、それは無理かなあ、と富士見は笑った。

肩が跳ね上がった。鋭い音に内耳を刺され、うつヰは顔をしかめた。ディレクターが音響ブースの方へ顔だけ向けて怒鳴った。突発的に大きな音、甲高い音が聞こえると、それと理解する前に体が反応している。首が一瞬で緊張し、肩甲骨が勢いよく閉じて、鼻から息が漏れていく。そのあと水に潜った時のように鼓膜が外からぐいぐい押される圧が来て耳がよく聞こえなくなっていく。

すみません、という声がした。くぐもって聞こえた。音響ブースで立ち上がった人が頭を下げていた。ディレクターがステージの方を向き直って、「さっきのところから」と不機嫌そうに言った。

ステージの脇の暗がりに、スタッフの一人の顔が浮かんだ。マシンの明かりが、顔を下から照らした。顎髭が二重顎を目立たせている。見覚えのある人で、うつヰは名前を思い出そうとした。何度か同じ現場に入ったことがある。眼鏡がマシンからの光を反射して白く光った。それから彼が画面をステージの方に向けると、また影に隠れて人相が見えなくなった。ステージの上手のハイチェアに座っていた女が、自分に向けられたラップトップの画面に視線を落とした。小さく頷いたように見えた。正面を向いて女が喋り始めた。うつヰは一歩下がった。メインカメラのモニターが視界に入る。緑色の背景の中央に女を捉えている。

「では本日のプログラムのご案内です」

よく張った声だ。メインカメラにぶつけるように発されている。音響ブースの方から小声でスタッフが何か言うのが聞こえた。音量は大丈夫とか、そういう確認だろう。彼女はきっと舞台の仕事も多くしているのだろうとうつヰは思った。あの腹の中、横隔膜がびんびんと張って声を打ち出している。

握っていたアイフォンをタップした。暗いので顔認証には失敗して、パスコードを入れた。念のためボリュームのボタンを押して音量がゼロになっていることを確認してから、ユーチューブのアプリを開いた。リハーサル用に設定した視聴ページが開き、いま撮影している映像が配信されているのを確認した。音が出ないようにしているので分からないが、おそらく十五秒くらいの遅延だろう。うつヰが透過処理を施した映像が画面を構成している。今日はもう、見守るだけで大丈夫だろう。自分がバイトで斡旋したスタッフが二人いるので、彼らが問題なく仕事できているかを確認した。

撤収後にディレクターから誘われた打ち上げに、二人にも行くかと声をかけた。割り勘で、オゴリ無しだけど、どうする？「行きます」とすぐに答えたのは小磯だった。どうせ食事はするのだから、打ち上げにはついていって、食べるだけ食べたら帰ろうと思っておけばいい、と鳥居がよく言っていたのを思い出した。それで、どこに行きたいかともし訊かれたら、「サイゼ」と答えておけ、と。ディレクターがうつヰに気を遣って、「店とか決めてないんですけど。どっか、希望ありますか」と訊ねた。出たところにサイゼありましたよね、とうつヰは答えた。「いいっすね」と彼は言い、「じゃあ荷物積んだら、サイゼ集合で」と周囲に声をかけた。

隣に座った小磯が「ライン交換しませんか」と言う。いいよ、と答えて読み取り用のＱＲコードを表示させた。互いの登録が終わると、そのまま手癖でメールチェックをした。新聞のウェブ版が夕刊の目次を送ってきていた。購読していないが、メールマガジンの登録だけはしている。目次に目を通せば十分だ。これは、新卒で勤めていた会社の部長が教えてくれたことだった。どうしても気になったり、知っておかなければいけないと思うような見出しがあったら、調べればいいよ。と部長は言った。

そういえば部長は富士見と知り合いらしかった。富士見はそもそも業界では有名なクリエイターだったが、富士見が部長を知っていたのは意外に思った。いつだったかの野外イベントで流すリアルタイム映像を、富士見が制作した。部長はその現場に来ていたという。拡張現実の技術を使った演出もあったそうだ。もしかすると、富士見と部長が知り合いになったその現場には、自分もいたのかもしれない。勤め始めたばかりの頃で、言われるがまま現場に行っていた頃の案件だったとしたら、よく覚えてない。

富士見はまず「顔が好みだった」と言っていた。「すごい背が高くて腰が低くて、がちゃがちゃした現場でもすぐ分かるほどの敏腕」で、「素敵だった」と言っていた。ディスコードで、三人で映画を観ていた時だと思う。どうして部長の話になったのだったかは覚えていない。鳥居が、「ふじみたんは要するに背の高い年上の男が好き」と言って、「まあ、そうね」と富士見が言った。

ニュースの見出しの一つで目が止まった。

暴走事故慰霊碑が現場前に建立「事故根絶、追悼の思い」

判決が決まる公判は、まだ一年以上先になるだろう。現場で巻き込まれながら軽症で済んだうつヰと鳥居のところには、今でも時々、検察から連絡や協力要請が来る。あの時に体験したことを、何度も思い出して人に話す必要があった。

急に飛んでくる高い音で身がすくんでしまうと自覚したのは、事故からしばらく経ってからだ。

内耳が痛み、首と肩が張り、あの時の知覚が押し寄せてくる。はじめにスキール音がした。それをスキール音と呼ぶのだという事は後から知った。タイヤがアスファルトを擦り、車体が突進してくる。大きな鉄の塊の鼻先が揺らいでいる。反射的に振り返ったうつヰには、車道にできたばかりの黒いひきつれが見えた。車は街路樹にぶつかって方向を変え、それからまた加速していった。いちど三人を追い越して横断歩道に突入し、人をはね、また方向を変え、うつヰたちの方へ向かってきた。どんどん速くなる。また高い音が響く。うつヰよりも車道側に居た富士見と鳥居の体がぶつかってきた。鳥居がうつヰの靴を踏みつけた。二人の上半身が絡み、もつれて体勢を崩した。うつヰは手を伸ばした。何かに摑まろうとした。その先に、後ずさりする富士見がいた。左の肩甲骨の下、脇に近い方に手が当たった。富士見の贅肉の感触がした。この時にうつヰは中指と人差し指の突き指と、手首の捻挫をした。柔らかい富士見の体で怪我をした。その怪我が、全治一ヶ月の傷と診断された。高い音を聞くと体が緊張する。一年以上前に完治した手が痛んだ。その痛みが腕から胸、頭に上ってきて、耳鳴りがした。耳鳴りがまたあのスキール音を思い出させて、頭の中で増幅し、反響する。

「あの時、どうやって並んでいたっけ」

　五月に寿司屋へ行った時、富士見がうつヰに訊ねたことがあったのを思い出す。妙にゆっくりした口調だった。いつも通りの素っ気ない口調だったかもしれないが、時間が止まったようにうつヰには感じられた。思い出す度にその時間が引き伸ばされて、ゆっくり感じる。

　うつヰは固まって、何も言えなかった。聞こえなかった振りをしようとした。隣を歩いていた鳥居が、どうだったっけかね、と曖昧に答えた。それから富士見の車椅子を押す、うつヰの手に触った。ハンドルを強く握って、うつヰの手の甲の筋が浮き出ていた。富士見からは見えないようにしていたのだと思われたが、それでも、手を見られていたのではないかと思うと怖いような気持ちになった。その会話はそれきりで終わった。

　先月、六月の終わりに富士見の部屋で妊娠検査薬を見つけた時に、富士見は事故の前日に使ったと言っていた。その後すぐに、事故の時の話が始まるのではないかとうつヰは身構えた。富士見はただ、「陽性だったんだよ」と呟いた。「捨てちゃって」というので、うつヰは、はい、と答えてゴミ袋にそれを戻した。何か言わなくては、とせっつかれるように、目が泳いだ。ずっと気になっていた部屋の隅のスペースが目に入った。カーテンの裾のほつれが、床に差し込んだ光の反射でよく見えた。洗面台のブラシに混じって、鉄の櫛が混じっているのを思い出した。真ん中で、歯の幅が切り替わっていた。それで、この家には猫がいましたね、と言ったのだった。

　握っているアイフォンが震えた。つながったばかりのラインのトークに、小磯がメッセージを送ってきていた。「そろそろ帰ります」と書いてあった。横目で小磯を見た。何かスタンプを送ろうとしているのが見えた。画面に目を戻すと、スナフキンが旅立とうとしているイラストだった。丸めた布のような物が体の横からはみ出して見える。その下に、布袋が見えた。留具が付いて、底が丸い。鳥居が背負っているのを見る度に、何か似ていると思っていたのだが、これだ、と思った。

「一緒に帰りませんか」

　私はもう少し飲んでいくから、と直接、口頭で小磯に伝えた。小磯の向こうで、ビールジョッキを持つディレクターが見えた。今後も仕事を振ってほしいと話すつもりだった。透過処理の出来に自信があったし、小磯のようなアルバイトをうつ井がもっと多く手配すれば楽になるだろうと提案するつもりだった。報酬もうつ井がまとめて処理する。

小磯が席を立って、ディレクターの方へ挨拶に行った。うつ井と同じ、始祖鳥の化石のロゴマークが付いたバックパックだった。事故の時にはもう、鳥居はあの大きな袋を背負っていただろうか、と思い出そうとしていると、鳥居と富士見とのライングループに新着のメッセージが入った。人工知能に描画させるための、画像生成プロンプトだ。山城さんは呪文と呼んでいた。とても上手に、今のところ機械が描いたとは思えないような描画をさせるプロンプトを書く人を、ウィザードと呼んだりもするらしい。プロンプトエンジニアリングで稼げる日が来るだろう、と言うので、試しておかなければ、と思う。富士見のプロンプトは日本語だ。今まで送られてきたものよりも長い。

直方体の石が地面に突き刺さっている。石はたくさん並んでいる。石は十二列、並んでいる。その向こうには海が見える。髪の長い女が赤い傘を差して歩いている。

六、二〇二〇年八月

出勤する近江と一緒に、彼のマンションを出た。どこかに行くなら途中まで一緒に乗っていけば、という近江の誘いを断った。これに行ってみたいので、と言って鳥居はラインを開いて近江に見せた。近江から送ってもらった、ジムの紹介クーポンだった。その操作の過程で、他の男とのトークルームが画面に並んでいるのを見られなかったかと心配になった。自分はそんなことをこの人に対して心配しているのか、と鳥居は意外に思った。

「うん、受付でその画面を見せればいいみたいだね」

鳥居の画面に目を落としたまま近江は言った。タクシーに乗り込むのを見送って、踵を返してジムへ向かった。場所は予め教わっていた。最寄りの駅の構内に入って、反対側の入り口を出た先だ。

階段を上がった先は、静かな場所だった。金網と、その向こうの空き地と、坂になっている狭い商店街の看板が見えた。近江のマンションがある側よりも暗くて、風通しが悪く、なにか初めて嗅ぐ臭いが立ち込めている。商店街の方へ歩き出すとドラッグストアが見えた。ここで近江はプロテインを買っているのかもしれない。きのう使ったコンドームもここで買っているのかもしれない。初めて泊まった夜に、バックパックの底から取り出したら、なんでも出てくる袋だね、と言って笑った。「俺のを使おう」と言った。取り出した棚を覚えていたから、昨日の夜は鳥居が取り出して渡した。同じ箱が重ねて置いてあった。あれは何円する物なんだろう。どういう特徴があって、どういうところを好んでいるんだろう。鳥居は店頭に立ち止まって、探しに入ってみようかと考えた。近江の顔が浮かんだ。

今日も、そうしたいと言えば泊めてくれるだろうか。カプリを開いて見ると、先月食事した男から連絡が入っていた。「また飲まない?」とだけ送られてきていた。酔ってきて、物欲しそうに鳥居の顔を覗き込んでいた男だ。結婚を前提にお付き合いできる人を探してて、と鳥居は横顔を向けて窓の外を見ながら言った。はっきりそう伝えた上で、強引に二軒目に誘われることもなく、こうしてまた誘うのだから、気に入られているのかもしれない。カプリでは、だいたい毎日、こうして誘いが入った。

　秘書時代に、といっても秘書という職種に就いたつもりはなくただその部署に配属されただけだったのだが、とにかく創業社長の秘書として働いていた時に、先輩がよく「出会いが無い」と嘆いていた。先輩は当時の第二秘書で、第一秘書のベテランと鳥居たちアシスタント秘書の間であれこれの調整や手配をしていた。鳥居は新卒の一年目の秋にはアシスタント秘書のグループから第三秘書に抜擢されて、先輩の補佐をするようになっていた。ボスを自宅に送り届けて、邸宅の鉄扉を閉めた後や、企業の連合のパーティーの壁際で第一秘書の泉谷が煙草を吸いに行っていなくなった時に、「出会いが無い」と吐き捨てるように言った。

　そればっかりだね洋子ちゃんは、と鳥居は先輩に言った。ジャケットの背中に手を回して、腰の骨を叩いた。その後しぜんと口をついて出た。マッチングアプリとか、ちゃんと使いなよ。無い無い言ってないでさ。その日、帰宅しながらカプリに登録してみた。先輩に言った以上は自分でやってみるかと思ったのだった。基本的な設定をして、風呂に入って、髪を乾かしながら開いてみたら、よく顔を知っている、ボスが可愛がっているベンチャー企業の社長が候補に出てきて、慌てた。

　ジムは古い商店に挟まれて、そこだけ明るく立っていた。薄暗いこちら側の町で、昼なのにコウコウとしている、と思った。ボスが「昼行灯が一番えらい」と言ったことがあるのを思い出した。また、ボスの視点で優秀そうな人に出会うと、見とれたように「コウコウとしているな」と呟く癖があったことも思い出した。ジムの壁は白く、表面にガラスが貼られていて、エントランスを隈なく照らす光を反射し、道を照らしていた。向かいの甘味処の、黒ずんだ木戸まで届いているようだった。戸の脇のガラスケースにところてんの見本が置いてあるのが見えた。「甘くない！」と書いたシールがガラス戸の上から貼ってあった。甘くないのか。甘くないことはそんなに押し出すようにして伝えるべきことなのか、と思いながら鳥居はジムに入っていった。

　筋トレをした後、ランニングマシンも使ってみた。時速五キロくらいで走って、物足りなくてだんだん速めていった。そのうち足が、運ぶというよりつんのめって転ばされそうになるのをただこらえているような状態にまでなり、そこから落としていって十五分走った。降りるなり、もういいやと鳥居は思い、シャワーを浴びた。後頭部にお湯を落として、頭皮やうなじが強く叩かれ、口の周りが水流にくるまれた。息はできる。深呼吸をしてみた。

　心拍が戻ってきても、吸気が入ってこない。胸が苦しい。しまった、と鳥居は思い、焦りでまた心拍が高まっていった。運動で誘発される喘息のことを忘れていた。溺れていくような、このまま浮かび上がれなくなっていくような気持ちが足元から湧いてきて胸まで浸した。吸入器をどこかで貰わないといけないだろうか。ジムの受付に相談すれば、あるかもしれない。処方が必要だから無理か。自分が喘息なのだと理解していなかった頃、中学生の頃までは、こうして息が苦しくなると、熱いお茶を飲んで恐怖に耐えながらじっとしていた。お茶の蒸気を吸うと楽になるような気がしていた。向かいのあの甘味処に入ってはどうだろうか、と思った。

「体験後一週間以内に本入会されるとお得ですが」とスタッフが誘う。髪を乾かしてロッカールームから出てきた時には少し楽になっていて、目を刺すような昼白色の明かりで、まあこのままでもなんとかなるかと考えた。他の店舗でも共通で使えるんですか。

「恐れ入りますが、この登録の店舗だけなんです」

いつまで近江の部屋に出入りするか分からない。考えます、といってジムを出た。甘味処の木戸のはめ込みガラスの向こうが真っ暗で、休業しているようだった。駅に戻って電車に乗った。少しでも楽に呼吸ができるように、マスクを顎にかけたまま乗った。人の居ない優先席の方へ行き、窓を押し下げて、流れてくる空気が顔に当たるようにした。アルミの枠のところに、油性ペンだろうか、「ココマデ」という文字が書いてあり、その下に黒い太い線が引かれていた。ココマデ、は急激な右上りになっていた。下の線と太さが違うから、太いのと細いのとでわざわざ書き分けたのかもしれない。

　富士見のマンションの階段を上がっていく最中で、また息苦しくなった。エレベータを使うべきだったかもしれないが、狭いコンクリートの、一階の住人が通りかかったら避け合わなければならないスペースで待っているのが嫌で、いつもエントランスに入ると階段へ向かった。気管が詰まって、必要な空気が入ってこないように感じる。肺が酸素を取り込めなくなっているのを感じる。実際の、というか医学的な仕組みはそういうことではないのかもしれない。

　できるだけゆっくり、静かに鼻で呼吸をしながら、富士見が開けてくれるのを待った。口で呼吸をしていると、口が開いているよ、と言われてしまう。

「今日はどうしてたの」

縫い引きだよ、と廊下を戻っていく富士見の背後から答えた。

「ぬいびき？」

男女の約束事さ。

「あいびきね。逢い引きというんだよ」

知ってるけど。縫うようでしょう、男女の約束は。時間を縫ったり、こう、縫うようにするでしょう。

リビングに行き着いた富士見は「うつヰさんもそんな感じね」と言った。服の家の服の部屋で、大量の、誰の物か分からない洋服をメルカリに売りに出してる。外の光を遮るほど布があるというし、たくさんの仕事、小さいあれこれの仕事を縫うようにして作業しているというから。縫い引きね。そのうち家主さんと、そういう仲にもなるのかもしれないね。富士見が珍しく、長々話す。鳥居は、聞いているうちに深呼吸がしたくなった。本当は、できるだけ浅い呼吸で我慢して、気管支が開いていくのを待つのが、苦しくてもそう信じるのが正解なのだと教わっていた。

うつヰちゃんは今日は来てないの、と訊ねた。富士見は画面を見ている。グーグルカレンダーで、WやTといったショートカットキーを押して、表示を切り替えて眺めている。

「帰ったよ」

そうなんだね。

「サラダだけではお腹が空くでしょうって、心配されたよ。私は今、結構、体調はいい。機能はかなり失くしたけど、私は私の体に戻ってきたって感じがするんだ」

そうだね、ふじみたん。

鳥居の返事を待つ気が無いように感じた。被せて言う「あとね」が耳に残った。

「あとね」

「一緒にする仕事の相談を、結構した」

なんか、開業センターに相談とか、言ってたものね。

「あとね」

間があった。富士見がキーを叩く音が部屋に響いた。元の利き腕は右だったが、そちらは力がほとんど入らなくなり、左手の人差し指と中指を伸ばして、関節から押し込むようにしていた。

「あの時、私を押さなかったかって、訊いたの」

キーの下の、ゴムの部品同士がぶつかる、タスン、タスン、という打鍵音が続いた。富士見がこだわって使っている、メンブレン式の特注キーボードだ。

「私じゃない、って言ってたよ」

あの時、たぶん三人は同時に振り返って、車がアスファルトを滑っていくのを見た。いちど通り過ぎた車は滑って車体の向きを反転させ、それから三人の方へ突進してきた。その直前まで鳥居はうつヰと富士見の腕を抱えていた。二人の脇に手を通して、引っ張って強く自分を挟むようにしていた。うつヰの骨の感触が分かる肘のあたりをつかみ、富士見の冷たく柔らかい肩の肉に頬を当て、富士見が手を入れているポケットに自分の右手も滑り込ませようとしたりと、せわしなくしていた。

運転手の顔が、目を見開く男の顔が迫って見えたのと、うつヰの足を踏んでしまって、ぐう、と唸るような声が聞こえたところまでは覚えている。

あれは背嚢と呼ぶのがふさわしいだろう、と急に思いついた。下り藤がうつヰの背後に近づいてきているのが窓ガラスに映って見えていた。給仕用の盆を持った下り藤も、ガラスに映ったうつヰの顔を見ているようだった。隅のボックス席で厨房に背を向けて座ると、正面も左側も視界に入る席が少なくなるのでうつヰは気に入っていた。下り藤の淡い色のシャツの腹のあたりと黒いベルト、紺色のズボンが視野角の端に侵入してきた。解像度が低いエリアで、色の塊がぬっと現れたように見える。ズボンはいかにも糊の利いたスラックスという風に仕立ててあるが、きっとストレッチ素材で店員が動きやすいように作られているのだろう。触っていいか、と訊いたら下り藤は困るだろうか。顔を上げると「お待たせしました」と言って微笑んだ。下り藤は垂れ目で頬が厚いので、仕事水準の笑顔をつくると大きなパーツが一気に上がって見える。

「以上でよろしいですか」

見える範囲では客もいないし、もっと小さい声でいいのではないか、とうつヰは思う。下り藤はこの音量しか持っていないようだった。

グリルのハンバーグは二枚重ねにした。工務店の二代目の狭山と、不動産屋の大藪のために、無料のソフトだけを使ってできる動画編集のレクチャーをしたのだが、狭山が町の跡継ぎ社長たちに声をかけて、受講者が急に増えた。それで謝礼も予定外に増えたので、今日は肉を多く食べようと思ったのだった。ガストでグリルのメニューを改めて見て、ハンバーグだけを増やせることに気づき、そうした。ハンバーグ追加で、と言うと下り藤が小声で「いきますね」と言ったので、いっちゃうよ、と応じた。目を細めた笑顔が、どこか小磯に似ていると思った。今の大学生はこういう感じなのかもしれない。皿を下げに来てくれた時に話をして、うつヰが卒業したのと同じ学部に在籍しているのだということが分かった。なんとなく親しみを覚えていたが、名字に「り」が入っていてかっこいいだけでなく、同じ学校を選んでいたとは。

小磯くんって知ってる？

「いえ、知らないです」

こんど飲みに行こうよ、と下り藤に言った。その言い方は、駅前のマンションで二つ部屋を持っている飯倉を真似た。こんど飲みに行こうよ、がこのあと行こうよ、になって、駅前の居酒屋で夕食を兼ねて飲んだ。いつか、状況がもう少しマシになったら、隣町にある行きつけのバーに連れて行きたいのだと飯倉は言っていた。そこは終電が過ぎても歩いて帰れるくらいの距離らしい。そういえば飯倉は、マンションを引き払って引っ越しをしようかと思っている、ということも言っていた。いよいよ本が下の部屋にも入り切らなくなってきたし、仕事も順調だから思い切ってもっとずっと広い物件を探そうと思っている、とあれはどうなったのだろう。探すのを手伝う仕事を請け負ってもいいかもしれない。

「そういえば」と下り藤が言う。「昨日、大木さんが朝までこの席で飲んでましたよ」

大木は市の方で仕事を回してくれている元締めのような存在で、この町で仕事をうつヰに紹介してくれた男だった。大木を紹介してくれたのは鳥居だった。鳥居が勤めていた会社の社長の知り合いなのだと言っていた。有名な上場企業の創業社長と、地域の雇われたがらない者たちに細々した仕事を斡旋しているあの男との間に親交があるというのは、未だによく分からない。鳥居は自然にとらえているようで、それは社長の方のイメージにギャップがある、ということを言っていた。

「ボスと大木さんと、私はそっくりだと思うよ」

　大木が掛け売りで、VR用のヘッドマウントディスプレイの在庫を扱わせてくれるというので気になっていた。同じように回してもらったスマートロックの商品については上手くいき、儲けさせてもらった。最初は服の家の家主のために調達した。音声プロンプトが優れていて、感心した。大木がよく寝床にしている焼肉屋とソフトサロンとカラオケが入った雑居ビルの屋上で飲んでいる時にその話をしたら、じゃあ自分で売ってみるといい、と一気に仕入れの手配をしてくれた。尊敬したし、感謝している。でも手下ではないし、依存したくない。彼の時間も約束も守らない感じ、勝手にうつヰとの自撮りをインスタグラムにアップして「ワタシの彼女」と書くあの感じが、いつまで経っても慣れないので、距離を置きたいとは思っているのだった。鳥居とほとんど口をきかなくなってしまっているが、仕事で相談したいことが出てきている。

　それで、背嚢のことだった。鳥居が背負っているあれのことだ。あれから富士見の部屋に置きっぱなしになっているのを見た。

　朝になってガストを出て、新宿に行き、買い物をした。それから富士見の部屋へ行った。エントランスの暗証番号を押し、部屋のドアの前に立った。ステンレスの装置がノブと鍵穴を覆っている。幅が広くなっている上部でリングが光っていた。オレンジに点滅していた。アプリを開いて富士見に申請を送ると、光が青色に変わった。シリンダーの回る音がして、うつヰはハンドル部分を摑んでドアを引き開けた。

　廊下を進んでリビングに入ると、富士見はデスクに向かい、画面を睨んでいた。複雑なノードを組んでいるようだから、きっと話しかけない方がいいだろう。黙ってソファまで行き、座った。陰になっている場所に、鳥居の背嚢が置いてあるのを見つけた。キャンバス地で、濃いベージュ色をしている。元は白かったのかもしれない。所々に茶色の染みがあった。富士見が見ていないことを確かめてから、腰をずらしてソファの端へ行き、指先を伸ばし、押した。柔らかい。這いずって動く生物の膨らんだ腹を押して端の穴から何か出てくるのを想像した。

　富士見のため息が聞こえた。車椅子の背中の縁に首を乗せて傾けた。戻す時につらそうにする。肩凝りがひどかった昔の癖で、ついやってしまうのだと言っていた。片目を閉じて、ぐっと喉を鳴らし、姿勢を戻した。うつヰは立ち上がって富士見の背後へ付いた。何か手伝いますか、と訊いた。

「大丈夫」と富士見は言う。「大丈夫だけど、あとで昼のサラダを作るのを手伝ってほしいな」

　私がやりますよ、と答えた。ガストの夏のメニューを思い出した。下り藤が置いてくれたメニューの表紙に、大きく載ったサラダの写真。

　いま色々仕事をしている町に、ファミレスがあるんですけど。

「服の部屋のある、服の家のある町ね」

　はい。

　続けて、というように、富士見はショートカットキーでデスクトップのアプリケーションを全て畳んだ。見たことのある壁紙が全画面で表示されていた。隅に寄せられたアイコンが、絵の中の背景を隠していた。

そこのファミレスで、よく深夜作業してるんです。仮眠もできるし。それで、いつもシフトに入ってる男の子がいて。下り藤っていう名前なんですよ。名字に平仮名の「り」が入ってて、かっこいいなと。

「前にも言ってたね。垂れ目の下り藤くんね」

言いましたっけ。

「言ってたね。気に入ってるんだね」

さいきん知ったんですけど、私が卒業した学部の学生らしくて。しかも大学院で私の指導教員をしている先生のゼミにいるそうで。あの、彼はまだ学部生なんですけど。それで、先生に、私と知り合いだって言ったら、先生から伝言があって、富士見さんを紹介してほしいって言われたんです。あのレイサイの富士見マリコと知り合いなんですかスゴイですねって、言われました。

「光栄ね」

富士見はうつヰの指導教員の名前を知っていた。会ったことはないが、有名なプロダクションの代表だし、もちろん知っているという。互いに知っていそうな実績をいくつか挙げて確認し合った。

「それでその先生が、どうしたの」

窓の外から、何か聞こえた気がした。ぐるるるる、と生物が唸ったような、エンジンの音だった。はい。それで、学部の、制作の授業の講師に誘ってもらえないか、って。いま公募が出ているそうだから。富士見さんに、教員になってもらえないかって。学長とも相談したって。言ってました。そういう伝言です。

——こちらは。廃品回収です。

ゆっくり強く吹かす、鉄の装置の回転する音が近づいて、アナウンスが聞こえてきた。耳に空気が押し込まれたような感触がした。背丈よりも深い水の中にいきなり沈められたようだった。ふ、と富士見が吹き出す音が、その水圧の蓋の向こうで聞こえた。うつヰの肩が跳ね上がる。

「こわれたものでも、かまわなければ」

——壊れたものでも、かまいません。

富士見がハンドリムを押し、車椅子の向きを変えた。彼女の顔が自分の正面に来るのをうつヰは見ていた。背後のモニターがロック画面に切り替わって、新しい絵が表示された。これは見たことがなかった。何か指示が、たぶんパスワードを入れるとか、解除するにはコントロールキーとシフトキーとリターンキーを同時に押すようにとか、そういった案内のはずだったが、ぼやけて読めなかった。

いや、あの、と口ごもった。上目遣いの富士見から目をそらした。高層マンションのように立つスピーカーの片方の、木の板の表面を見た。あの学校の環境なら、問題ないと思いますが。今なら全部ズームでいいって、言ってましたし。

「うつヰさんがやれば？」

富士見は笑顔のまま言う。鳥居をなだめる時によく見せる表情だ。

「私が代わりましょうか、って訊いてくれたよね。彼から電話が来た時。新聞の人が何か言ってきた時」

富士見の唇が震えている。

「代わってほしいよ。うつ井さんが代わってよ」

私は、全然ですから。

「うつ井さんは、こわれてもいないでしょう」

いいえ、クリエイティブの実力の問題で。富士見さんはずっと、すごいですから。

——シーディーラジカセ、ソファー、など、つかわないものを、お渡しください。壊れていても、かまいません。

「あのときさ。うつ井さん。車が私たちに向かってきたときだよ」

はい。

「あのときさ。私のこと押さなかった?」

押してないです。うつ井は即答した。私じゃないです。

右足の甲に、鳥居の踵で踏まれた感触が蘇った。鳥居が踵を支点にして、崩した体勢をどうにかしようと身を捻った。痛みと、迫ってくる車体から身を守ろうとして両手を突き出した。目を閉じて衝撃に備えようとした。私をくるんでいる空気は剝がせる。界面をつまんで向こうにやれるか。ぐっと押し出して、体を外に持っていかないといけない。でも私じゃないです。押してないです。

富士見の頭の向こう、二塔のスピーカーの向こう、光るディスプレイのロック画面の絵を見た。

手前の物が全部ぼやけて、絵が鮮明に浮き上がる。富士見が新しい呪文で生成させた、新しい絵なのだろうと思った。

霊園に雨が降っている。墓石は区画に十二列、並んでいる。墓石にはそれぞれ文字が書いてある。漢字が縦に彫られている。区画の向こうには穏やかな海が広がっている。構図を三列に切った右端の枠の領域を髪の長い女が手前に向かって歩いている。傘を持っている。傘の石突きは金属製で長さが五センチある。

七、二〇二〇年九月

銀座線の改札から地上へ降りて、スクランブル交差点に着いた。１０９の方を鳥居は見ていた。あの円柱はシリンダーという。原宿のラフォーレの半分突き出している円柱もシリンダーという。広告の話をする時にそう呼ぶのを覚えた。車道に近付いて、信号待ちの最前列に出て行った時、水滴が頬に落ちた。一気に雨が降ってきた。１０９の先に見えている坂の上が曇っていて、そういえば夏の終わりの台風が近付いているという天気予報を今朝、渋谷に来るまでのどこかで見かけた気がした。雨はあっという間に強くなった。信号はまだ変わらない。雨が他の物音をかき消して、交差点の一帯が急に静かになったように感じた。周囲で傘が開いていく。バックパックにはいつも折りたたみ傘を入れていたが、あれを富士見の家に置くようになってから携帯していない。このまま濡れていくのか、と思った時、車がブレーキをかける音がした。胸の底、横隔膜が締め付けられるような感覚がした。雨が腹の中まで落ちてきて一気に体を冷やす。車は横滑りして、鳥居の目の前で停止した。すぐ脇で並んでいた人が「なんだなんだ」と漏らす。大きなスライドドアが開いていき、奥の暗がりから手が伸びてきた。

「乗れ！」

その手を摑んで、ステップに足を掛けた。頭を天井にぶつけそうになって、腰を落とした。勢い余って、中に居た男の太い首と鎖骨の間に手をついた。男は昔よくしていたように、鳥居を正面から見つめて大きな声で言う。

「元気か」

はい、ボス。

車が急発進する。鳥居のかつての上司は、よしよし、と笑って、運転席の方を顎で示した。「郷原にありがとうしろ」

ありがとうございます、郷原さん。

昔と同じように促され、とにかく口をついて出た。

「鳥居を見つけて止まってくれたんだぞ」

最後部から人影が出てきた。半身を乗り出して、「あと五分です」と刺すように言う。洋子ちゃん、と鳥居が声をかけると、かつての先輩は目を強く閉じながら唇の両端を持ち上げた。こうやって笑う人だった。「鳥居を送ってからな」とボスが言う。「人を急かすなよ」

どこまで行きたいのか問われ、ミヤシタパーク、と答えた。

「こないだできたところだな」とボスが言う。

「横丁か」

居酒屋が並ぶ横丁のことだろう。きっとこの後すぐに、よく知ってるだろ、と言うと思った。

「よく知ってるだろ」

間髪入れずだ。本当は屋上階まで上ってから入るホテルへ行くのだったが、言わなかった。適当に降ろしていただければ大丈夫ですから。ボスの目線が、端の席に座った鳥居の膝のあたりに注がれた。スカートにハイヒールを履いているのを見られた。仕事の時はいつも走れるようにパンツでスニーカーだった。ボスに何か言われるかと思い、鳥居は構えたが、ボスは洋子の方を向いて言った。

「ちょうどよかったじゃないか、なあ」

洋子が、そうですね、と答えた。手にはおしぼりを持っていた。ビニールの包みを解いて鳥居に渡した。熱かった。この時期には、自分はどちらにしていたのだったか。「階段の下でいい？」と運転席から郷原が訊いた。ボスが洋子に、「あいつもそっちに来させとけ」と指示した。洋子がはい、と言いながら電話をかける。

建物の下を通る道路の手前、雨に濡れない場所でバンは停止した。ドアが開いて、鳥居は降りる。入れ違いに、道で待っていた二人組が乗り込む。肩から掛けた大きなビジネスバッグにぶつかりそうになり、すぐに横に避けた。片方はノートパソコンを開いて持っていた。濡れないように前傾姿勢になって自分の胸で覆っていた。洋子が二人に、「五分だけです」と言う。「またあの件か」とボスが言って笑う。

「聞くよ、乗りな」

それから頭を低くして、鳥居に「じゃあな」と声をかけた。頭を下げている間にバンの扉は閉められた。郷原にありがとうしろ、という声が聞こえた気がした。階段を上がって、ホテルのエントランスへ向かいながら、ディスコードのアプリを開いて、富士見とうつヰのグループラインに、前いた会社の社長に拉致されちった、と書いた。お尻の重そうなクマのスタンプが即座に付いた。お尻で何かをスタンプの画角の外へ押し出そうとしている。指でピンチしても拡大はされない。目を凝らして見てもよく分からない。


「前いた会社の社長に拉致されちった」

拉致、というと物騒な感じがするけれど。富士見が鳥居のメッセージを受けて送った熊のスタンプを見ながら、きっと、まあ、何かそういう「出来事」なんだろうとうつヰは思った。鳥居が前にいた会社、というと、社長室付で働いていたという、大きなグループの会社のことだろう。学部時代からの友人が、その会社が製作したウェブドラマに出演したことがある。バングラデシュからの留学生だった。彼女は秋葉原で、故郷にいた頃から憧れていたという、というかそれが留学の動機であったとさえいう、制服を着る各種のアルバイトをしていた。

もうすぐエスカレータが終わる。アイフォンをポケットにしまい、片手に寄せていたショッピングバッグを両手に分けて持ち直した。歩き出すとすぐ目の前にあるゲートをくぐってうつヰはブックオフに入った。買い取りを頼むためのカウンターに立つと、隣のコーナーにいた店員がバーコードリーダーを置いて横移動し、うつヰに声をかけた。ショッピングバッグをテーブルに置く。本をまとめて運ぶ時にちょうどいい大きさの厚紙でできていて、持ち手の幅が広く、肩に掛けることもできる。服の部屋の姿見の後ろで束ねられていた、ファッションブランドの物だった。本をまとめる時に、飯倉にそういったショッピングバッグがちょうどいいのだが貰えないか、と尋ねたら、「そういうのは全部、捨ててしまうので」と言われた。服の発送にも使えるし、もしもこちらも処分してしまうのだったら、と慎重に家主に頼んで、自由に使わせてもらうことになった。

本を取り出すのを店員が手伝ってくれた。ハードカバーの厚い本がカウンターに積まれていく。入れた時よりも増えているように感じる。ショッピングバッグはこれを三列並べるとぴったりになる。出すときには折り返してある縁が引っかかるので時間がかかる。番号札を受け取り、ゲートの方、人の出入りの邪魔にならない場所で待機した。店員が査定を始めるのを眺めた。アイフォンを取り出してラインを見た。富士見が送ったクマのスタンプの後で、二人とも何も送ってきていなかった。拉致されて、鳥居はどうしているだろう。勤めていた会社に戻るのだろうか。その頃のことはほとんど聞いたことがないが、あれだけの有名企業で、社長の直属だったというのだから、きっと色々あるのだろう。

その会社のウェブドラマに出た友人が本当に嬉しそうにしていたのを思い出す。シャジアという名前だったが、「大和」といつも名乗っていた。そう呼んでほしいというので、友人たちは皆、そうしていた。大和が秋葉原で新しいアルバイトを始めると、いつも様子を見に行った。仲が良かった富山と、メイド喫茶の呼び込みを遠巻きに見守ったり、時には客として店に行ったりした。一度、大和に耳かきをしてもらったことがある。大和が和服風の衣装を来て正座をして、客の頭を膝に乗せて耳かきをするというアルバイトを始めた。目立つ顔立ちなのでオーナーに気に入られて採用されたのだが、どうしても耳かきが上手くならないといって、すぐに辞めてしまったのだった。富山が、大学のカフェテリアの隅にあった畳の小上がりへ大和を連れて行った。正座させて、太ももに顔を乗せた。最初はお腹の方に顔を向けた。「こう？」と訊ねると大和は「顔はあっちです」と言った。富山は大和の太ももの根元、下腹部に続く窪みに顔を埋めた。味わうように空気を吸い込む音が、うつヰにも聞こえた。それから彼女は体を転がして向きを変えた。親と住んでいる実家に遊びに行った時にも、富山がそうしているのを見た。猫のお腹に顔を埋めて息を吸い込んでいた。鮮やかな青い髪の束がばらりと顔に落ちて、畳に差していた太陽の光を反射するのをうつヰは見た。

「これで」

富山が棒を出して大和に渡した。オレンジの、鉛筆くらいの長さだった。「これで掻いて」

その時に慌てて駆け寄ったのをうつヰは覚えている。キャンパスの中にあるファブリケーションの工房で、三次元プリンタを使って作った物だとすぐに分かった。ちょっと。危ないよ。

「気分だけだから」

大和、だめだからね。怪我する。大和は耳かきを模して折れ曲がった棒の先端を撫でた。彫りの深い顔、浅黒い肌を背景に、その棒は浮かび上がって見えた。

「大和おねがい、先っちょだけ。入れてみて」

結局、うつヰが一階にテナントで入っているファミリーマートに行って、耳かきを買ってきた。貝印の、竹製の物で、ちゃんと端に綿のふわふわが付いていた。それを大和に渡して、膝の上でずっと待っていた富山の耳に入れた。「うつヰもやってもらいなよ、すごくいいよ」と言うので、うつヰは従った。大和の太ももは筋肉質で、膝関節で折った二重の厚みが逞しかった。それから、香水の匂いがした。富山は寝転がって、下からうつヰの顔を覗き込んでいた。

大和が掻き出してくれたうつヰの耳垢を見て、富山が「いいなあ」と言った。大和が手に載せていたティッシュの下にアイフォンを差し出して、「ここに載せてみてよ」と頼む。大和が手を傾けて、そこに乾いた塊が落ちていった。アイフォンの機体の黒い背面に耳垢が載ると、形がよく見えた。繊維質の氷山のようだった。「いいなあ、うつヰは。才能がある。素質が違う」

大和の耳かきが外耳の表面をそっと擦る、よだれの出てくるような感覚と、「いいなあ、うつヰの才能は」「大和かわいい」と繰り返す富山の声を思い出す。天井から吹き出したエアコンの風が畳を這って伝って顔を撫でていた。奥の方へ大和が入れた耳かきの先端が、間近で爆発が起きたような音と、痛みが走ったことも思い出す。事故の後に起きるようになった耳鳴りは、あの時に痛かったあたりで起きているような感じがする。耳の管の暗渠の湿った壁が痺れたように、みしみしいう。空気を詰め込まれていくような圧迫を感じる。

店員が持ち上げた本の側面に白い紙の角が見えた。あ、すみません、それ。ちょっと待ってください。

すみません、と繰り返しながら受け取って紙を引き出すと、細長い便箋だった。「謹呈」と書いてある。これは売ってしまって大丈夫な物だったか、どうか。念のため飯倉に確認しなければならない。買取額はそのままうつ井が、作業代として貰っていいことになっている。それには、飯倉が手元に置く必要があるかどうかを精査する作業を請け負っている料金も含まれているので、飯倉から教わっていた「業界の事情」を鑑みて判断する必要があるのだった。

アイフォンを出して、飯倉にラインで通話をかける。「はいはい」とすぐに出て、便箋が挟まっていた書名、著者名、出版社を伝えた。「うんそれは大丈夫」と言うので、アイフォンを耳に当てたまま店員に本を戻して、会釈した。

「うつ井さん、あのね」

飯倉の声よりも、彼女の周囲の音の方が大きく聞こえる。

「約束に遅れそうなの、先にお店に入ってて」

車がどんどん近付いてくる音。走り去る音は、迫ってくる音に消されて、次々に押し寄せてくる。タイヤが擦れる音、金属の体が空気を裂く音、周りの建物に音がぶつかって戻って、風というか風圧でかき混ぜられるような音。内耳が痺れて、また耳鳴りが始まった。

及川が自分を探しているらしい。知り合いを辿って、富士見にまで連絡が来たらしかった。富士見をこれ以上巻き込みたくないので、すぐに電話をして済ませることにした。ホテルのエントランスから一度外へ出た。雨はますます強くなっていた。湿った風が抜けていく。通りを見下ろせる場所で立ち止まり、周りに人がいないのを確かめた。ラインのブロックを解除して、通話ボタンを押した。状況を聞くと、単に戻ってきてくれないかということだった。もうすぐカンナの誕生日だし。プレゼントもあげたいし。ちゃんと一緒に住もう、結婚しよう、と及川は言った。はっきり拒否しかけたが、途中でやめて、今度遊びに行くね、と言った。よく眠れてるかな、リモートワークが続いてるのかな、仕事は順調かな。いくつか質問をしてから、及川くん幸せそうだよ、よかったよ。と伝えて通話を終わりにし、またブロックした。

　エントランスへ戻ると、近江がカウンターに居るのを見つけた。いつの間にか入っていたらしい。通行人を一応は見ていたつもりだが、見逃したようだった。何か軽口を言ったのか、対応しているスタッフが吹き出すように笑った。その顔を嬉しそうに近江が見ている。その表情を見たことがあったが、いつだったろうか。こうして離れて立ち姿を眺めると胸板が厚いのが目立った。ジーパンの腰から太ももの布が張っていて、筋肉が漲っているのが分かる。ボスが近江を見たらなんというだろう、と鳥居は思った。あれを言うだろうか。コウコウとしてるな。あるいは、怖い口調で言うかもしれない。あんなんダメだ、クズだぞ。

　彼の隣に行くかどうか迷ったが、近江がカウンターを離れるのを見計らってから近づいた。

「地上から直結のエレベータがあるんだよ」と近江は言った。駅から遠い方の端にあるという。

　部屋に入るとすぐにキスをした。鳥居のハンドバッグを床に降ろさせ、抱き上げて窓の方へ連れて行った。窓の、目の高さのところに「Hi,Tokyo!」と書いてあった。書いてあるといっていいのか。シールだろうか。鳥居は右手で「！」の下の点のところに触れた。縁に爪を立てて段差があるかどうか調べた。近江が背中から鳥居を抱いて、手をスカートのウェストに差し入れた。ゴムバンドなので簡単に入っていった。それからシャツとキャミソールの裾をまとめてたくし上げていく。鳥居の腹は冷えていて、近江の手のひらが温かく感じた。「Hi,Tokyo!」を見た視線の先は渋谷の上空で、同じ建物の屋上に作り直された細長い公園が見下ろせる。その先に高層ビルがいくつか見えた。部屋よりは低い位置にある左手のビルの上層のフロアに人が座っている様子が見えた。茶色の大きな机が見える。あの人たちがこちらを見上げたら、服を剥がれていく私が見えるだろうか。

　鳥居はもう片方の手も窓についた。曇った指紋が残る。外の雨の水滴が重なって濁る。スカートと下着が床に落ちた。近江が膝を使って鳥居の股を開いていった。大きな椅子のよう。このまま後ろに体重を預けたら座ってしまえそう。近江がうなじを舐める。指で性器を撫でる。内側の粘膜に、集められて湧いた体液が近江の中指を滴る。だんだん奥に、深く入ってくるのを鳥居は感じた。立ったまま後ろからしたいのだろうと鳥居は思った。近江の指の腹が内側から尻の方へ鳥居を押す。初めて会った夜、性器に指を入れられて、内側から押されて感じた時、上手なんだね、と思わず言ったのを鳥居は思い出した。ねえいれて、と鳥居は言った。あの時に見たのと同じ、嬉しそうな表情をしているのだろうと思った。

　近江が満足して落ち着いてから、二人で部屋中を点検した。アメニティを手に取りながら、これはこの後、お風呂の後で。夕食の後で。と使い方を確認していった。何か食べたい物はあるかと訊かれたので、噛みごたえのあるものがいい、と答えた。

「グリルが無いか調べてみるよ」

ごちそうしてもらっていいんですか。

「ご飯を食べる約束で誘ったから」

平日にこんなところに泊まって大丈夫なの。

「ここはチェックインが標準で五時なんだよ。だから普通に仕事終わらせてから来た」

そうなのね。と、富士見の口調を真似てみた。

「明日は二時まで居られるみたいだから、ここで仕事していく。ホテルを出てからオフィスに顔を出して帰ったらいいかなと思って」

そうなのね。

「泊まっていく？」

流れで決めます。

「わかった。昼までいたら、ランチも一緒だ」

流れで決めるね、と言いながら、ハンドバッグからポーチを出した。口紅を塗り直す。

「そういえば、あの袋はどうしたの。いつも背負ってたやつ」

富士見の家に置きっぱなしだ。置いていっていいか確認したら断られるに決まっているので、ソファの脇に、隠すように黙って置いてきた。もちろん発見されているだろうが、まだ何も言われていない。取りに来なさいとか、捨てられたくなかったら片付けなさいとか。そう言って連絡をくれたらすぐに行くつもりだった。

近江さんと会う時に、あれは野暮ったいが過ぎるかなと思って。そう言うと、近江は「そうなんだね」とだけ言ってみせ、冷やしていた缶ビールを開けた。夕食の前に缶ビールを飲んでから行くのか。それはいいことだ。そういうところが好きだ、と思った。それから、「そういえば」とまた言う。「もうすぐ誕生日なんじゃないの」

教えていないはずだが。どうして分かったのだろう。名前から推測したのだろうか。いや。カプリのプロフィールに書いてあったはずだ。自分も近江の誕生日くらいは覚えておこう、と思った。

初めて入る、しかも相手が常連になっているという店に一人で入る勇気は持てなかった。うつヰは店の前を一度通り過ぎて、それからまた戻って、辺りの探検をしよう、と決めた。この辺りの地理はよく知らない。各駅停車で市とは反対側に一つ進んで降りたところにある町だ。市や、いつもの町では、大木から知り合いを紹介されたり、店に付き合わされたり、用事を託されたりすることが重なって、夜に人が集まる地域はほとんど把握していた。ここは、自分にとってよその町だ。この町の人にとって、私はよその者だ。こうなってみると、距離を置きたいと思っていた大木のことが少し恋しく感じられる。

ちらと一瞥するだけで様子を見たその店は、奥のカウンターの周りに酒瓶をたくさん並べていた。その隣にはワインビストロが、さらにその隣には焼き鳥屋が軒を連ねていて、道を挟んでカラオケの看板が目立つビルがあった。暗がりの小道に入ってみようとして、胸元の開いたワンピースを着た女と黒いスーツの男が出てくるところだったので、すぐに引き返した。

また店の前に戻ってきたところで、向かいから来る飯倉の姿が見えた。裾の長い、シルクのような質感の黒いセットアップを着ていた。「うつヰさんがいつも全身真っ黒だから。合わせてきたの」と言って微笑む。眉毛が濃く描いてあって、真ん中で分けてある長い髪に艶があって、いかにも馴染みのバーで飲んでいそうな人だ、とうつヰは思った。小磯くんがそういう言い方をしそうだな、とも思った。

並んでいた酒はウイスキーだった。「十時からはバーボンタイムっていって、マスターが来てたんだけど」と、マスクを外しながら飯倉が言う。「こうなっちゃって、急いでご飯食べてお酒飲んで、っていう感じになっちゃったね」

「さあ食べよう」

飯倉が先に注文を頼んでいたらしく、カウンターに並んで座るなり、サラダとチーズが出てきた。あの、とうつヰは切り出した。今日、急に思い出して、知らないままで済ませてきたというか、通り過ぎてきてしまったように思うことがあるんですけど。「はい、どうぞ」と飯倉が促す。飯倉が勧めたハイボールを二人で飲む。耳かきの、あの先端についている綿毛のような物は、何なのでしょう。「それはね」とまず飯倉は言う。「梵天というのよ」

耳かきは、どこまで進入していいのでしょう。

「外から見える範囲をそっと、と言われてるね。傷が付きやすいから。そもそも掻くべきでないのよ」

でも普及してますよね。奥まで入れて掻き出すのが。

「いけない感じがして、それがいいのじゃないかな」

耳鳴りはどこから来ますか。

「内耳の先の複雑な器官ね」

めまいがする時、耳の奥がつんとなることがありますが。あれはどこから来ますか。

「それも内耳の奥ね。迷路があるの」

迷路とは。

「メンブレイナス・ラビリンス。膜迷路というの」

換気のために入り口のドアが開け放してある。飯倉がトイレに行って隣の席が開くと、空気の流れを感じた。振り返って入り口のドアの方を見た。寒くなってきたが閉められない。世の中がこうなってから、暖かく、暑くなっていくのはやったけれど。秋が深まって、涼しくなって寒くなって、それからどうなっていくのだろう、とうつヰは思った。

入ってきた新しい客と目が合った。髪型や背格好に見覚えがあった。どのテーブルにも客が座っていて、それらの喧騒を挟んで二人は少しの間、見つめ合った。それが服の家の家主だと分かって、それから、なんと言えばいいのかと思った。表札に書いてある名字の文字、漢字二文字が頭に浮かんだ。「うつヰさん」と、彼のほうが先に声を上げた。そこへ飯倉がトイレから出てきて、「あら」と言う。

家主は寄ってきた店員と話をして、それから隅のテーブルに座った。そこは既に常連と思われる人たちが大声で笑い合っている席だったが、当たり前のように腰を落として座り、肘をついた。家主はここの常連なのか。飯倉が「知り合いだったのね」と訊ねたが、仕事の内容を話すべきではないだろうと考えて、曖昧に答えた。飯倉はバーボンのロックを頼んだ。馬のキャップが付いている瓶を指差した。じゃあ私もお願いします、とうつヰは言った。飯倉の袖に白い毛が付いているのが見えた。

「あ。猫の毛」

黒い服だと目立っちゃいますね。「白猫が来てから、黒い服は着にくくなったな」

こんど上の部屋に行ったら、撫でてもいいですか。

「もちろんいいよ。出てきたらだけど。人見知りはどうかな、なおってるかな。うつヰさんくらいしか出入りしないから、分からないね」

私も、逃げていく尻尾しか見たことないです。

「猫ってさ。木が倒れてくると、木が倒れていく方向に逃げちゃうらしいよ」

ほんとですか。飯倉がグラスを大きく傾けてバーボンを呷った。うつヰも続く。

「さいきん、かかりつけの獣医さんが亡くなったのだけど」

コロナですか。

「どうだろう、おじいちゃんだったから、どうだろうね。それでね。その獣医さんから毎年、ワクチン接種の時期ですよって、手書きのメールが。ああ、お手紙が。アナログの葉書が届くんだけど」

はい。

「猫に付ける敬称ってなんだか知ってる？」

敬称略の敬称ですか。

「そう。葉書に書いてある宛名。人間だったら様とか殿とか、そういう」

ちゃん、じゃないですかね。飯倉ポンズちゃん。

「ユズポンズね。正式名称は」

飯倉ユズポンズちゃん。

「それがさ。号なんだよ」

ゴウ。

「宛名がね。ユズポンズ号。って書いてあるの」

そうなんですね。なんか、いいですね。

「次はスコッチにしよう。アイラを飲もう。港町でつくるお酒だよ。泥と煙の匂いだよ」

飯倉は、獣医も亡くなったし、増え続ける本を置く場所もまとめたいし、仕事もきっと大丈夫だからもっと広いところに引っ越そうと思っている、とうつヰに話した。瞼が重くなるまで酔いが回って、そろそろ帰って眠ります、と飯倉に伝えた。「そうね」と飯倉が応じる。うつヰがトイレに行って席に戻ると、うつヰのバックパックを肩に提げて、立って飯倉が待っていた。会計が済んでいた。飯倉の背中を見て、あれを颯爽というのだ、とうつヰは思った。店の中を抜けていく時に、飯倉がまだ飲んでいる家主に手を振るのが見えた。腹のあたりに手を浮かせていた。家主もそれに応じて手を振った。声は交わしていなかった。二人はここで一緒に飲んだり食べたりする仲なのだと思った。入れ子のように並んでいるテーブルの間を右に左に抜けていく。何度か腰をぶつけて、すみません、と客や店員に謝った。飯倉は足元がおぼつかないが、配置が分かっているのか迷わずに抜けていく。ドアの手前で待っていて、手を引かれて外へ出た。

私は橋を渡って歩いて帰ります、と飯倉に言った。川を見下ろしながら大声で歌って帰ったら気持ちが良さそうだ。一駅分だから、三十分もかからないだろう。

「私もそうする」

飯倉さんはヒールだからやめたほうがいいです。とうつヰは諫めようとしたが、飯倉は離れなかった。はじめは腕を組んで歩いて、土手に上がったところで、手をつないだ。指が絡んで、飯倉の手のひらの汗を感じた。指の付け根の、水かきのように張り出しているところが互いにくっついて擦れた。時々、うつヰの首に顔を寄せて匂いを嗅いだ。うつヰも飯倉の匂いを嗅いだ。香水の匂いがした。自分も香水をつけたり、髪を巻いたり、裾の長いジャケットを着てみようと思った。橋の上を半分まで来たところで、飯倉のしゃっくりが止まらなくなった。ひっ、ひっ、と言いながら笑っている。胸の下に触って、横隔膜が痙攣するのを感じようとした。しゃっくりの止め方を調べようとしてアイフォンを取り出すと、富士見からメールが送られてきているのに気づいた。送信元は富士見が仕事で使っているメールアドレスで、冒頭にまず長いリンクが貼られていた。文字列から、ギガファイル便のようだった。そのリンクの下には十行ほどの文章が改行無しで貼ってあった。画像を生成するために記述されたプロンプトのように思われた。それによって描画されたファイルをダウンロードするためのリンクなのだろう。飯倉をマンションまで送り、事務所に戻ってからファイルを開いてみた。その頃には酔いも覚めていた。

霊園に雨を連れてきた女が東屋へ向かっている。東屋の中には三人の女が腰掛けている。一人は雨の向こうの海を見ている。一人は東屋に向かってくる女を見ている。その女が差す傘の石突きは金属製で長さが五センチあり、先端が尖っている。布面は防水加工がしてあるナイロンで、鮮やかな赤い色をしている。持ち手は木製で、丸く曲がっている。東屋の中の三人目は霊園の墓石の一つを見ている。墓石には漢字が縦に並んでいる。

八、二〇二〇年十月と十一月

土曜のランチに誘われた店は東京駅の駅舎を見下ろせる場所にあるタイ料理のレストランで、入り口からは見えない奥のカーテンが付いている個室に通された。シャンパンが氷の詰まった金色のバケツに入っていて、先に来ていた男がそれを飲んでいた。はじめまして、こんにちは。と鳥居は挨拶をして、着席を促されるのを待った。男の瞳が縦に動いて、鳥居の額から靴までスキャンしていった。カプリのプロフィールのアイコンよりもかなり歳を取っているように見えた。鳥居が来ていたダブルの革ジャンの、襟に付いている鋲に目を留めていた。

日曜のランチは美術館の二階にある、吹き抜けの上のガラス張りのレストランだった。待ち合わせていた男は美術館の庭のベンチで本を読みながら鳥居を待っていた。鳥居は秋の一張羅だと思って買った黒のセットアップを着ていった。午前に美容院へ行き、髪を切ってから行った。濡れたようにセットしてもらい、口紅を濃くしていった。富士見から貰ったクラッチバッグを持って行った。アクリル板が席と席の間にあって声がよく聞こえず、二人で何度も互いの話を聞き返した。食事の後に企画展を男と一緒に回り、ラインを交換して別れ、地下鉄に乗った。

　月曜の夜は、近江の部屋へ行った。買っておいたという赤ワインがテーブルの上に乗っていた。ジムに行った後らしく、脱衣所のカゴの縁に近江のトレーニングウェアが引っ掛けられているのが見えた。ワインのコルク栓は鳥居が開けた。手で引っ張って抜く道具しか無かった。たくさん飲むのだから、あの瓶の上に被せてグリップを握れば抜けるやつを使えばいいのにと言うと、若い頃に一度友人の家で試して上手くいかず、なんとなくずっと使っていない、と近江は説明した。「どうしてあれで抜けるのか、よく分からない」

　ハンドルを摑んで引いたがコルクが動かない。椅子を引いて立ち上がり、上着を脱いでボトルを摑んだ。腰を落として力を入れた。抜いた後に、半袖から出ている上腕を指して「いい感じについてきたね」と近江が言った。そうでしょう、と筋肉の盛り上がった線をなぞりながら答えて鳥居はグラスにワインを注いだ。

　乾杯した後に、近江がテーブル越しに鳥居の手を握った。近江が人差し指と親指で銀の指環をつまんで見せる。「これ」と言って鳥居の手のひらに置こうとする。摑まれていない方の手をテーブルの端に付けて突っ張った。どうやって断ろうか。全身が緊張するのを感じながら考えた。結婚を前提にお付き合いする人を探しているので、という決まり文句が思い浮かんだが、それではいっそうまずい。目を見開いて近江が観察している。笑うのをこらえているように、唇の端が震えている。

見ればナットのように幅広の指輪だ。石は付いていない、チタンのシルバーリング。近江がいつも左手の人差し指にしている黒いリングの色違いだと気づいた。睡眠や運動時の体表温度や心拍データがとれるセルフトラッキングデバイスだ。内側にセンサーがいくつも付いている。テーブルランプの影で、緑色の明滅が見えた。

「誕生日おめでとう」

どうも。

「これと同じやつ」

わあ、ほしかったやつ。と棒読みで言い、手を近江に差し出した。嵌めてくださるかしら。

火曜の朝は近江と一緒にタクシーに乗り、途中で降ろしてもらった。地下鉄の入り口の階段が見えたところで、じゃあこのあたりで、と言ったらタクシーが急ブレーキを踏んだ。街路樹で見えなかったがガードレールが途切れずに交差点まで続いていて、結局歩道に回り込むまで車道の端を歩いて行く必要があった。ガードレールをまたぐか、助走して手をついて飛び越えられるかとも考えたが、スカートの裾幅が狭く、諦めた。階段を下り始めたところでアイフォンが震えているのに気づいた。電話が鳴っていた。「柳田社長」と表示されていた。ボスだ。

「こないだは、偶然だったたな」

はい、乗せていただいて。ありがとうございました。

「あの後の、あいつらのプレゼンな。よかった」

それはよかったですね。

「それで、やっぱり鳥居が乗ってるとツいてくるなと思ったんだ」と早口に言ってボスは、「そろそろ戻ってくるか？」と訊ねた。そろそろも何も。あなたが私を辞めさせたのだろう。と思って、しかしそうは言えずに、階段を上ってくる人と目が合って、その人に見せるようなつもりで愛想笑いをして、答えるでも断るでもなく、あはは、と言った。「鳥居の得意のやつだ」とボスは言う。「それもなつかしいなあ。戻ってきたくなったら、いつでも電話してきな」

　富士見の部屋に入ると、真っ暗だった。廊下の照明を付けて通ってきたのを「消してくれる」と窓の方を見たまま富士見が言う。はあい、と言ってスイッチを切ってリビングに入った。富士見は夜の街の上空を見ている。窓に顔の輪郭が映っていた。

「花火大会が中止になって。五分だけ、少しだけ、打ち上げるんだって」

　そうなんだ。何時から？

「もうすぐ。あっちの、スタジアムがあるあたり。少しだけらしいけど」

　それって何発？

「どうなんだろうね、五分でできる範囲じゃない。人が集まってしまわない範囲」

　窓に鳥居の顔も浮かび上がった。花火について調べようとアイフォンで検索をしていた。その明かりで下から白い光で照らされて、顎の線が映った。富士見の視線が、そちらに映ったように鳥居には見えた。サプライズなのかな。公式情報無いけど。

「サプライズなのかな。そうなのかもしれない」

　誰から聞いたの？

富士見は答えない。富士見の後頭部に触って髪を撫でた。濡れているようだった。夕方にお風呂に入ったのだなと鳥居は思った。一人で入浴するのもそうだが、髪を乾かすのは大変なのだから手伝うよ、呼んでよ、といつも言っている。

始まらないね。いつまで待つの。寒くないかな。膝掛け取ろうか。ふじみたん、と呼びかけ続けるが富士見は応じない。機嫌が悪い。カーテンの端に指を掛けて、弾いたりしている。花火のサプライズのことを教えたのは、別れた恋人の蟹沢という男なのではないかと思った。お茶でも入れようか、ふじみたん。「うん」と富士見は言った。キッチンに入っていいね。「どうぞ」と頷く。ついに許可が出た。頭頂のつむじのある辺りに鼻をつけて、生乾きの頭皮と毛髪の匂いをすんと一度嗅いでから、振り返ってキッチンへ向かった。電気ポットでお湯を沸かしている間にハーブティーの箱を探した。富士見は部屋を暗いままにしておきたいだろうと考えてキッチンの明かりはつけず、アイフォンのライトをかざしながら棚を探った。うつヰが移したのか、鳥居の記憶にあったよりも低い段にあった。箱からティーバッグを取り出して、シンクの脇に置いてあった白磁のカップ、以前に鳥居がセットの片方を割ってしまったそれに注いだ。

お湯が沸いたところで、いちどティーバッグを吊り上げた。お湯を半分くらいまで注いでカップを温める。お湯を捨てて、ティーバッグを入れ直して、また注ぐ。アイフォンで五分、タイマーをセットした。待つ間、キッチンとリビングの境に体をもたげて富士見の様子を窺った。いつ始まるのか分からない花火を見逃さないように、夜空を見張っている。右のアームレストに肘から手首をしっかり付けて、体重をそちらに乗せ、顎を持ち上げて視線を高く保とうとしていた。デスクの上のモニターが明るく光を放った。ぽーん、とスピーカーから音が響いた。富士見がついたため息が聞こえた。車椅子のホイールが軋んだ。リビングを横切って、デスクへ向かう。鳥居はキッチンへ引っ込んだ。

お茶だよ、と行ってカップを持って行く。またうっかり割ってしまわないようにカップの持ち手と胴体を両手で押さえようとしたが火傷しそうに熱く、かえって手を滑らせそうになった。作業を始めた富士見の背後に立った。日本語で長い文字列を打つのと、英語でチャットをするのを同時に進めていた。ヴァンゲルのアイコンが見えた。メイン・ブレインの開発者としてネットの記事で取材を受けているのを最近、見かけた。顔は出しておらず、アイコンが掲載されていた。アニメ風の美少女。見たことがあるようで、無い。これも私たちの人工知能で生成したのです。日本人の優秀なクリエイターたちとコラボレーションして日本語プロンプトを研究している、と発言していた。それはきっと富士見のことだったのだろう。

富士見から指示を受けて、マシンの手前に敷いてあるコルクの四角いコースターの上にカップを置いた。富士見は長いプロンプトを送信したようだが、まだ絵は生成されていない。だんだん時間がかかるようになってきているのだろう、と鳥居は思った。そのままソファまで行って横になった。今日は帰れと言われてもここで眠っていこう。

富士見がキーボードを打つ音を聞きながら眠りに落ちて、夢と夢の間に花火の音が聞こえたような気がした。

十一月になってから、その時のことを鳥居は思い出した。翌朝になって目が覚めるなり、新しいヘルパーさんが来る日だからもう出ていくように急かされて部屋を出て、それきりになっていた。あの夜、富士見は花火を見に窓辺へ戻っただろうか。少しだけのサプライズというなら、あっという間に終わってしまったのかもしれない。花火に気づいて、デスクから離れて、車椅子で向かう富士見が、窓辺に向かうまでどのくらいの時間が必要だったろう。間に合ったといいのだけど。

　カーテンの端を摑んで暗い向こう側を見る富士見の後ろ姿は、ボスの下で仕事をしていた頃のことを思い出させた。ボスもよくそうしていた。講演や、株主総会や、自社で開催するカンファレンスで、ステージの袖に立って呼び込まれるのをボスが待っている。鳥居はその隣に立って、ぎりぎりまで仕事の話をしていた。自分の出番にだけ集中したいタイミングが訪れると、ボスは黙る。袖に引いてある暗幕を触ってステージを見る。時々、暗幕を強く握ったりするので、引っ張って幕が落ちてきてしまったり、上にある何か、たとえば緞帳を吊っている重しなんかがボスの頭の上に降ってきはしないかと恐れた。いちど頭上を見て、目が慣れずにぼんやりとした黒い骨組みのような物しか見えず、視線を下ろすとボスがステージの方へ颯爽と去っていく。出番が終わって袖に戻ってきたら必ず、一番に鳥居に「どうだった」と訊く。あはは、と鳥居は言う。「いつもの、それな」とボスは言い、控室へ戻っていく。控室では自分の荷物を持ち上げて、座ることなく部屋をうろうろする。鳥居のアイフォンか、洋子の携帯電話が鳴って、出る前に切れる。社長室のスタッフが使っている、折り畳み式のフィーチャーフォンだった。その着信があったのを合図に、行きましょう、とボスに声をかける。廊下を歩いている間に洋子がボスの荷物を受け取って持つ。裏口から出ていくと、四つ辻の手前側、死角になっていた道から大きな黒いバンが現れて止まる。軍用車みたいな、機敏にして堅牢な乗り物。なんでも入るし、どこへでも行ける。ボスが自分でドアを開けて乗り込む。池袋だよね、と運転席から声がする。郷原にありがとうございますと言うと、すぐにバンが発進する。「少し休むわ」とボスが言い、横になる。バンの運転席の真後ろの席は、いつもそのためにフラットにしてある。靴を履いたまま横になってボスは、タオルを顔に掛ける。洋子が、熱いおしぼりを出すべきかどうか、ジェスチャーで鳥居に確認する。鳥居は首を横に振る。目的地でドアを開けると、ノートパソコンの蓋を開けて待っていた男がすかさず乗り込んでくる。鳥居が入社したのと同じ年の新卒入社で、仙台だったか札幌だったかの支社から戻ってきた。茶色っぽいジャケットに、Ｖネックの紺のＴシャツで、ジーパンを履いている。ボスが「よし」と言いながら身を起こす。腰が痛そうな表情を読み取り鳥居は手を出してボスが姿勢を整えるのを手伝う。洋子がドアを閉めた、車が走り出す。男が郷原にありがとうする。それからボスに向かってプレゼンを始める。次の目的地が近付いてきて、カーナビの画面を確認した鳥居は、喋っている最中の男に、あと五分、と告げる。

「そういう言い方しないで」

　富士見が短くため息をついてから呟いたことがあるのを思い出した。配車アプリで呼んだタクシーが富士見の家に近づいてきていて、支度を済ませてマンションの外に出るのにかかる時間を考えて、あと五分、と鳥居は告げたのだった。間髪を入れず、そのため息が聞こえた。「吐き捨てるみたいな、そういう」と言う富士見はうつむいていた。ごめん、ふじみたん。気をつける。あれはいつ頃だったろう。去年の今頃だった気がする。人混みも、深夜の居酒屋も、平気で連れ出していた。とにかく富士見を楽しませようと躍起になっていた。やればやるほど富士見は萎れていくようだった。一緒にいても直接には言葉を交わさない鳥居とうつ井の間で、顔だけは笑いながらため息をつく回数が増えた。

　アイフォンが震えた。通知を確認した。ダウンロード用のリンクが送られてきていた。テーブルで仕事をしていた近江に頼んで、転送し、画像を開いてもらった。データが重すぎて、展開するのにも時間がかかった。はじめは不透明な膜が張り付いているみたいにとらえどころのなかったイメージが、何段階かに分けて鮮明になっていった。一緒に画面を見ていた近江が、鳥居の耳のすぐそばで息を飲んだ。その画像をしばらく見つめてから、鳥居は立ち上がった。ちょっと電話するね、と近江に断り、ベランダに出た。連絡先で「柳田社長」を探してタップする。ボスはすぐに出た。すぐに迎えに来てくれることになり、近江の部屋を後にした。街道に出て、待つ間に富士見とラインでやりとりをした。黒いバンが滑り込んできて鳥居の前に止まる。行き先を告げるとすぐに走り出した。橋を渡って、都道に入り、高速道路の高架下を走った。見覚えのある交番を過ぎた辺りで、窓を開けて顔を出し、歩道の人たちの姿に目を凝らした。

　穏やかな海を鯨が泳いでいてその背中が水面にうっすら見えている。その鯨は全ての鯨の中で最も大きいのだが、その鯨よりなおずっと大きな船が一艦、すぐそばを進んでいる。船の上は全体が平らで、土が敷かれ、背の低い木が植えられ、芝生が張られ、墓石が並んでいる。墓石の一つ一つの周りには目の粗い石で囲いが作られている。囲いの中には花瓶が置かれている。墓石は十二基ごとに一つの区画を成している。区画の境界には鉄の柵が立てられている。右舷側中央の区画の中には三人が散って歩いていて、空いている花瓶を見つけて椿を一輪ずつ、挿していく。女が船体の内側から甲板に現れると雨が降り出す。彼女は赤い傘を差す。

九、二〇二〇年十月と十一月

十月は一度だけ富士見の家に行った。その時は富士見から発注してもらっていた動画のチェックを受けて、それから開業支援センターに一緒に行く約束をして、それだけで帰った。下旬にも市へ出て会いに行ったのだが、坂道を登っていく鳥居の後ろ姿を見たところで足が止まり、そこで引き返してしまった。十月生まれだからカンナ。誕生会とかそういう話になったらどうしようと思い始めて、そこから動けなくなってしまった。コンビニに入り、缶ビールを二本買った。セルフレジを済ませて、マスクを顎へずらし、自動ドアが開く前に蓋を開けて飲んだ。出入り口のそばでＡＴＭの順番を待っていた女がうつヰを見て、視線をそらせた。駅前に戻る道はいつもと違う道に入った。缶ビールは一本、すぐに飲み終えて、ビニール袋から二本目を取り出した。空き缶はビニール袋に入れて手首に引っ掛けておいた。少し残っていたようで、こぼれた液体が底の方に溜まった。

入ってみた横道が袋小路になっていたので、引き返し、いつもの道の反対側の歩道を歩く。額装屋の前を通りがかる。シャッターは開いているが人の気配は無い。入り口に目隠しをするように木の格子が立てられ、そこに絵画がいくつか掛けられている。額装に関する料金表も掲示されている。

室内灯が黄色がかって見える。壁を埋め尽くす額縁の見本の多くは暗い色の木材で、端々には蜘蛛の巣がかかりそこに埃が積もっていた。富士見が打ち込んでいたプロンプトの文字列を思い出した。大きな画像を生成するのだと言っていた。解像度が高く、引き伸ばして紙に印刷できるようなものを作っているのだと話していた。大きなというのはデータサイズのことなのかと思った。すると三次元モデルで生成するつもりなのかもしれない。よく仕事を一緒にしている印刷会社の知り合いに頼んで、出力するのだという。私がレモン画翠で印刷してもらって持ってきましょうか、と提案すると、その印刷会社に人工知能による画像生成の新規事業を提案するから、そこと試してみるのだ、という。誰がその提案を考えているのですか、とうつヰは質問した。富士見は答えなかった。失礼な質問をしたかもしれない、と思って反省した。アートディレクターとして高名な富士見がビジネスの提案書を作りそうにないというのは思い込みだし、こういう状況になって、新しい仕事を自分で作ろうとしているのかもしれないではないか。

　仙台へ出張に行った。独立前に勤めていた会社から助けを求められて受注した仕事だった。類似した内容の案件が増えて、回しきれなくなっているようだった。飲み屋が並ぶ横丁にカメラを持っていって、端から一定間隔で少しずつ写真を撮っていく。その写真の画像データをデジタル処理でつなぎ合わせて三次元モデルを作る、フォトグラメトリという作業だった。指定された横丁はかなり長いが、夕方に開店していくまでに撮影を済ませる必要があった。途中までしか終えられず、客の往来を脇に避けながら電話をした。「もしもし」という声が昔のままだったので、つい、部長、とうつヰは呼びかけた。うつヰが勤めていた時の直属の上司で、当時も部長と呼んでいた。八戸で、二人で同じ出張作業をしたことがあったのを思い出した。やっぱり終わらなかったので、一泊していっていいですか。

明日の夕方までになんとかデータをまとめて送ってほしいと、泣きつくような調子で部長は言った。作業はしませんよ、と伝えた。撮影と選定までです。

飛び込みでビジネスホテルの部屋を確保できたので、荷物を置いて食事にでかけた。まずラーメンを食べて、それからチェーンの居酒屋に入った。勝手が分かっている店で濃いめのハイボールを飲み、唐揚げを食べながら、近くに一人で入れそうなバーが無いかと探した。飯倉が出入りしてそうな店。裾の長い服を着ていて、髪を巻いていて、香水を付けている女がバーボンを飲みに来るような店。知り合いの男が訪れて、視線を交わし、離れたテーブルに着きながら、これまでの二人のことを思い合っているような店を探す。

部屋に戻り、顔だけ洗ってベッドに横になった。部長から久しぶりにラインで連絡が入っていた。辞めてからはうつヰに遠慮しているのか、ビジネスメールか電話だけになっていた。電話の方を遠慮してほしいのだけど。

「一本目だけフォトグラやってみた。こんな感じ」

うつヰが撮った百枚ほどの写真がつなぎあわされて、横丁が立体になっていた。三次元モデルの中に仮想のカメラを入れて中を歩いているように見える立体のデモ動画だった。自分の作業マシンで再生しているのをアイフォンで撮って、その動画を送ってきていた。最後に映り込んだ、マシンの周りの様子に見覚えがあって、部長はまだあのオフィスにいるのだ、と思った。スタンプを返し、寝ます、とだけ送り、アイフォンに充電ケーブルを差した。部屋を暗くし、布団に入る。

ドアをノックする音が聞こえた。うつヰの部屋ではなかった。隣の部屋だろう。くぐもった、人の話す声がして、水が流れて壁の中の配管を伝っていく音が聞こえた。壁に何かが繰り返しぶつかって、ごん、ごん、という音が始まった。大学の設備にあった三次元プリンタのことをうつヰは思い出した。アクリルのケースの中に黒い棒が組み合わされていてせわしなく動く。底に向けられている末端から、熱されて柔らかくなったオレンジ色の材料が射出されていく。機械の棒が縦横に動く度に作業台が揺れていた。それが接触している壁を打ち、ごん、ごん、という。だんだん揺れが大きくなっていって、動作を観察していたうつヰは心配になってくる。工房で一緒にいた大和と富山を呼んで手伝ってもらい、三人で作業台を引いて壁から引き離した。


十一月になってから、富士見を迎えにマンションへ行った。エレベータを待っている時に、うつヰは富士見の言っていた「新規事業の提案」について思い出した。このエレベータがもっと広ければ、あの使いやすそうな電動車椅子で入れるのに。富士見さんは引っ越せばいいのに。それから、富士見の元恋人の事を思い出した。着信でカニさんと表示されていた男。猫を連れて去った男。印刷会社への提案というのは、その男が富士見を通して進めようとしているのではないだろうか。

富士見と道に出てから、配車アプリからキャンセルの通知が入った。改めて車椅子のオプションがあるタクシーを探したが、対応できる車の候補が出てこない。別の配車アプリを試してみたが、状況は同じだった。うつヰが誘った用事なので、自分が押していくのでもいいか、と富士見に確認をした。遠いことを富士見は心配し、「休み休みね」と坂道で車椅子を押し始めたうつヰを気遣う。

開業支援センターの最寄りの駅で降りると、エレベータからエレベータへ、迷いながら通ってたどり着いた。中小企業診断士や税理士、司法書士といった専門家が待機していて、開業に関する一通りのことを相談できるようになっていた。うつヰが受付でアンケートを書いている間に、部屋の両脇に並ぶブースの間を富士見が漕いで奥まで進み、時々会釈をしながら戻ってきた。最初に案内されたのは税理士のブースで、障がい者が自宅の一部を会社所在地として登記した場合に、例えば個人の保険や公的補助を得られなくなってしまうような、注意点はあるかという相談をした。うつヰが話して、富士見は黙って聞いていた。障がい者、と富士見の隣で言うのが躊躇われたが、はっきり声に出して言った。

要するに、半身不随で車椅子の、この人のことなんですけど。と言ってうつヰは富士見の手に自分の手を重ねた。税理士は厚い眼鏡に、大きなマスクをしていて表情が分からない。きつく後ろで束ねた真っ黒な髪が蛍光灯の光を反射していた。彼女は注意点は無いけれど、優遇されたりといったメリットがあるわけでもない、ということを説明した。では、とうつヰは用意してきた質問を重ねた。例えば私が代表として、この人を雇ったとしたら、どうですか。中小企業が障がい者を雇用する時にもらえる助成金や優遇措置については、色々あるようだった。

自治体によっても異なるので、と話しながら、アイパッドの画面を税理士は二人に向けて見せた。例えば東京都だけでもこれだけ出てきます。知っているかどうかだけの問題なので、どんどん利用しましょう。では、とうつヰは続ける。実態は、この人が自立して請けている仕事がたくさんあって、代表の私が指揮命令をするわけではないのですが。それでも大丈夫ですか。「マネジメント契約ということですか？」と税理士が訊ねるが、うつ井は答えられない。すみませんが、と前置きして、何も分からないので一から教えてほしいんです、と言った。

一般論を一通り教えてもらって、センターから出た。帰り際、税理士は説明に使った資料や、メモをした紙をまとめてクリアファイルに入れて渡してくれた。名刺が入っていて、青い髪に、ステージで踊るアイドルのような衣装を着た女性の写真が印刷されていた。ユーチューブチャンネルの名前が太字で書いてあり、この人がこの人なのだろうとうつ井は思った。青い髪を見て、富山のことを思い出した。しばらく会っていない。

地下鉄に乗ろうとして通路を行く間に、いつの間にか案内板の表示が目指していたのではない駅への誘導に変わっていることに気づいた。七百メートル、という表示に驚いた。車椅子をゆっくり止めた。壁に貼られた縦長の鏡に二人の姿が映った。富士見が鏡越しにうつ井を見ている。こわごわ道を引き返すと、その途中でもと来た駅の改札が見つかった。なぜ見過ごしたのだろう、とうつ井は思う。他にも見過ごしていないだろうか、と不安になる。やってしまったみたいだ。他にも見過ごしていないだろうか、と不安になる。どの時点からなのかは分からないけれど、とにかくここまでに長い時間が経ってしまっているような。わたし他にも何か見過ごしているだろうか。

富士見が行きたいという街まで出て、店を回った後、大きなビルの吹き抜けの地下にあるカフェに入った。広い席に通してもらった。椅子を外して、富士見の車椅子を入れる。「マック出してくれたら嬉しいです」と富士見が言うので、バックパックを下ろして取り出した。コンセントを壁際に見つけたので、アダプタも差した。富士見のマシンはパワーが強いし、作業も負荷の大きいものが多いから、給電しながら使うのが安心だろう。最後に、いつも使っているキーボードを取り出して、マシンの上に載せた。富士見が打ちやすい設定になっている。外で作業する時も慣れているのを使うのが、やはり疲れにくいらしい。

富士見が作業に集中する前に言ってしまおうと思って、うつヰは切り出す。私がいま居る町の、駅前のマンションの部屋が一つ空くんです。よかったら、そこに引っ越しませんか。

富士見が視線をうつヰの方へ向けた。手はもうキーボードを叩き始めている。

知り合いが使っているのですけど。実際には二部屋借りていて、どちらも引き払うから、二つ空くのですけど。それで、私はそこに引っ越そうと思って。もう片方に、富士見さんも越しませんか。それで、私、会社を作るので。富士見さんは私に雇われたらいいと思って。もちろん、形だけのことで、助成金とかでの優遇があるなら、それは富士見さんの得になるようにしますから。

富士見はしばらく黙って、

「先月、来なかったね」

その声の調子で、時間が急にゆっくり流れ始めたように感じた。胸の底に張り渡された膜が縮んで心臓や喉や腸や、うつヰの大事なところを内側から引っ張って動けなくする。

一度、行ったと思うのですが。

「月次で区切って来るように、ちゃんとしてるんだよね」「ごめんね」「二度来たんだよね」「鳥居がうるさいから二人で誕生会をしたよ」「神無月だからカンナだって」「ねえ」「それでいくと」「私が産んでいたとしたら、タダシとかマサコになったのかな」「ムツミかな」

うつヰは黙っていた。耳鳴りを聞いていた。

「まあ、蟹沢が、産もうって言ったかどうか。事故とは関係なく、それはどうなったか分からないしね」

耳鳴りの向こうで、富士見がタスン、タスンと打鍵する音が続いている。

「あ、出てきた」と言って富士見はしばらく画面を見つめていた。それからまた手を動かして、うつヰに「絵を送ったから。すごく重いので、後でダウンロードして見て」と言った。今ここで済ませたかった作業はこれで終わりだというので、うつヰは立ち上がり、片付けをした。キーボードのスイッチを切ってマシンの上からどかし、オペレーションシステムが終了したのを見計らってディスプレイを押し下げ、畳む。アダプタをコンセントから抜いてケーブルを巻いた。ケーブル、マシン、キーボードの順にバックパックに詰めていった。そうして手を動かしながらうつヰは、そろそろ帰りましょうか、と言った。「慰霊碑を見に行きたい」と富士見が言う。そうなることをうつヰは恐れていたが、ただ、はい、と小声で返事した。「近くまで来たし、いいよね」

はい。頷いて、配車アプリを立ち上げた。あれから時間が経っているが、まだ車椅子のオプションが選べる車はリストに出てこなかった。都心のどこかで、車椅子の人が集まるイベントでも開かれているのだろうか。うつヰが座ったまま焦れている間に、富士見はレジへ行き、会計を済ませて出ていってしまった。富士見はどんどん漕いで、エレベータに乗る。うつヰは置いていかれて、富士見が地上へ昇っていくのをエレベータのガラス越しに見た。エスカレータを駆け上がって追っていく。タイル張りの狭い歩道で富士見は車の流れを見ながら待っていた。右手にトンネルの出口が見えた。車が出てくる。入っていく。トンネルの中の照明が、穴の奥から出てくる車のハイビームと一緒になって真昼の光をくぐり、うつヰと富士見のいるところまで届く。緩いカーブに見えるが、光の移ろう具合から、速度を落とさなければ曲がりきれないように思えた。あの穴の先はたしか広い墓地だ。

「このまま道なりで行けるんじゃないかな」

富士見に言われるまま、ハンドルを握って、押し始めた。富士見は背中を曲げてアイフォンを触っていた。うつヰは画面を覗かないように気をつけた。急に止まったり、段差で衝撃を与えたりしたら、富士見はデバイスを取り落としてしまう。そうならないよう気をつけて進んだ。すぐそばを車がどんどん過ぎて行く。富士見を押してうつヰは進んだ。見覚えのある高速道路の高架が頭上に迫ってきて、その影に入った。高架が合流して二本になり、二人が歩く歩道の上からそれて右へ流れていく。日が傾き始めて、高架の向こうの街に大きな影がかかった。暗い街、そのあたりだけ夜に見える。あの時と同じだ。このくらいの時間だった。まばらな街路樹で、砂埃が待っていて、小さい子どもを前や後ろに乗せた自転車と何台もすれ違う。車道の方を向いた二階建ての交番が近付いてきた。上に付いている丸窓が目のように見える。装飾を動物の顔のように施してあって、車道を向いて見張っているように見える。二ブロック先の信号が見えてきた。手前で歩道が広くなっているのが見える。高層マンションの入り口に続いていて、左折で駐車場へ入っていく車が見えた。そのもっと先に公園があって、そこに、最近できたという慰霊碑が建っているはずだった。あちこちからスキール音が飛んでくるように感じて、うつヰは度々顔をしかめずにはいられない。

短いクラクションの音が聞こえて、うつヰの肩が跳ね上がった。

二人の行く手を塞ぐように、大きな車が歩道へ進入してきた。駐車場に降りてはいかず、停車した。黒いバンで、窓も黒い。ドアが右方向にスライドして開いていった。行く手を四角に切り取ってできた開口部に、鳥居が居た。手招きをしている。大声で呼んでいる。

「乗って」

富士見がどんな表情をしているのか、彼女の背後にいるうつヰには見えない。ハンドルを握って、何が起きるのか、待った。「行こう」と鳥居がまた大声を出す。歩道に降りてきて、富士見とうつヰを見ている。

「猫を取り返しに行こう」

外から見たのよりもさらに大きく見える車内に車椅子を上げた。後ろの席にいた男が、興味深そうに富士見を見つめている。うつヰとも目が合った。笑いかけてくる。それからまた富士見の方へ顔を向けた。見たことのある人だ、とうつヰは思う。どなたでしたっけ、と鳥居に訊ねようとすると、遮るように「まず、ゴウバラさんにお礼を」と運転席を指しながら言われた。まだ富士見を見つめている男が愉快そうに呟くのが聞こえた。コウコウとしているな。

富士見が鳥居に何か文句を言っている。車はいちど駐車場の方へ進んで、素早く切り返し、車道へ出て行こうとする。うつヰは手近なバーに摑まって体勢を保った。鳥居は猫がいるはずの場所を富士見から聞き出して、運転席に伝えた。

十、二〇二〇年十一月と十二月

霊園空母が陸地を離れ、二十九ノットで進んでいく。沖に立ち込めていた霧を抜けて、鯨の守る海域を進んで、渡り鳥が群れをなして飛んでいく大洋の両端にある島と島を結んだ線を横切り、夜が最も短くなる波の高い風の強い季節が訪れた大峡谷の真上に差しかかる。水平線に陽が落ちて月光が代わりの明かりを差し出すと、波間を透かして艦体の下に広がる谷の亀裂が姿を現し、谷底の水圧に耐える貝が吐いた泡が四方八方に揺さぶられながらゆっくり少しずつ上昇してくる。風が凪ぎ、貝たちの吐いた泡が水面で弾ける。甲板に広がる霊園の右舷の中央に建つ東屋でもつれ合いながら眠っていた三人が目を覚まして見張りを始める。短い夜が終わるまで三人はさっき見た夢について教え合う。短い夜が終わるまでに邪魔するものがなければ三人はまた体を寄せ合って眠る。三人目が寝息を立て始めると、墓石の下の穴のそれぞれにおさまっていた魂が、押し出されて甲板を離れていく。朝日と霧の混じったあたたかいところに届いて、溶けて薄い膜になり、風に引き伸ばされていちばん近くの島の上空にたなびく。

初出

フルトラッキング・プリンセサイザ　「ことばと」vol.7

チェンジインボイス　書き下ろし

メンブレン・プロンプタ　書き下ろし

■著者プロフィール

池谷和浩（いけたに・かずひろ）

1979年6月生まれ。栃木県立宇都宮高等学校卒。筑波大学日本語・日本文化学類卒。東京都在住、会社員。現職はデジタルハリウッド株式会社の執行役員として大学事業を統括。「フルトラッキング・プリンセサイザ」で第5回ことばと新人賞を受賞。

フルトラッキング・プリンセサイザ

2024年5月23日　第1刷発行

著者　池谷和浩
発行者　池田雪
発行所　株式会社 書肆侃侃房（しょしかんかんぼう）
〒810-0041 福岡市中央区大名 2-8-18-501
TEL 092-735-2802　FAX 092-735-2792
http://www.kankanbou.com
info@kankanbou.com

編集　池田雪
DTP　黒木留実
印刷・製本　シナノ書籍印刷株式会社

ISBN978-4-86385-627-1 C0093